站在孩子的一边

池莉 等著

天地出版社 | TIANDI PRESS

出版说明

本书聚焦儿童及青少年身心成长，列于"名家教养真心话"书系。本书内容与形式上不拘一格，有表现亲子日常的散文，有反思教养观念的杂感，有父母写给儿女的家信，也有早期大学问家勉励年轻学子的书信或演讲词，其中涌动着殷殷期盼与谆谆教诲，至今仍有很强的感染力和启发性。

本书按不同主题分为三章，各章中作品以写作或发表时间排序，写作或发表时间不明的按作者生辰排序，文末交代原载或收入图书。需特别说明的是，本书收录了部分现代散文名作，如朱自清、丰子恺、叶圣陶等名家的相关篇什，对于早期作品，本书原则上遵从时代用字特征、用语习惯，尊重名家文本的特点和风貌，保留原作惯用字、通假字和标点用法，具体如下：

1. 一般惯用字，如"甚么""倒楣""原故""人材"等，本书依循名家作品出版通例，一仍其旧。

2. 原作通假字，如"作"通"做"，"那"通"哪"等，均保留原作用法。

3. "他""它""的""地""罢""吧"等用法，与今日亦不甚相同，此乃常识，原则上不做改动。

4. 书中译名如"萧邦"，今译肖邦，"卢骚"即卢梭，"脱尔斯太"即托尔斯泰，"周比特"即丘比特，"委娜斯"即维纳斯，"爱迭生"即爱迪生，"菲希特"即费希特，均保留原译法，但都做了脚注。

5. 早期标点符号用法，如"在秋天，冬天""看《水浒》，《西游记》，《三侠五义》，《小朋友》"，中间逗号的使用，不尽合于现行标准，但不影响阅读和理解，遂予以保留。

希望这本书，能让我们一起踏上一段清醒的教养旅程，学会理解孩子的真实诉求，引导孩子适应这个并不绝对美好的世界。

目 录 Contents

PART 1　站在孩子的一边

教育不应为儿童未来而牺牲儿童现在，不能从未来的角度提早设计儿童的当下生活

儿女 _ 朱自清　003

做了父亲 _ 叶圣陶　015

爱子之心 _ 丰子恺　022

我不再和你说教条式的话 _ 傅雷　026

向儿童学习 _ 王开岭　030

母亲溺爱是必须的 _ 池莉　038

给女儿的奖品 _ 王开林　051

我和丈夫都曾弄丢过孩子 _ 张丽钧　057

PART 2　我们拿什么送给孩子
世上还有多少可让孩子自由描绘、怎么想象都不过分的前景呢

教育的背景 _ 夏丏尊　065

儿童与音乐 _ 丰子恺　075

救救孩子 _ 曹聚仁　081

只要你能坚强，我就一辈子放了心 _ 傅雷　085

我们拿什么送给孩子 _ 王开岭　090

等我长大了 _ 王开林　099

给留美女儿的信 _ 杨晓升　105

不该让孩子们错过的 _ 张丽钧　117

PART 3　愿你前途似海，来日方长

愿你成长为一个心有所愿、学有所长、事有所成的大人

对于学生的希望 _ 蔡元培　123

为学与做人 _ 梁启超　132

坚毅之酬报 _ 邹韬奋　143

谈升学与选课 _ 朱光潜　147

怎样才配做一个现代学生 _ 蔡元培　156

关于国文的学习 _ 夏丏尊　167

赠与今年的大学毕业生 _ 胡适　204

学业·职业·事业 _ 朱光潜　214

你现在懂事了，我也不再操心了 _ 朱梅馥　227

PART 1
站在孩子的一边

教育不应为儿童未来而牺牲儿童现在，
不能从未来的角度提早设计儿童的当下生活

儿 女

朱自清

我只希望如我所想的,
从此好好地做一回父亲,
便自称心满意。

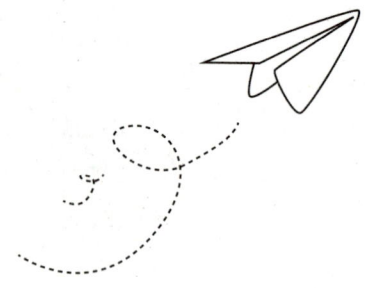

我现在已是五个儿女的父亲了。想起圣陶喜欢用的"蜗牛背了壳"的比喻,便觉得不自在。新近一位亲戚嘲笑我说,"要剥层皮呢!"更有些悚然了。十年前刚结婚的时候,在胡适之先生的《藏晖室札记》里,见过一条,说世界上有许多伟大的人物是不结婚的;文中并引培根的话,"有妻子者,其命定矣。"当时确吃了一惊,仿佛梦醒一般;但是家里已是不由分说给娶了媳妇,又有甚么可说?现在是一个媳妇,跟着来了五个孩子;两个肩头上,加上这么重一副担子,真不知怎样走才好。"命定"是不用说了;从孩子们那一面说,他们该怎样长大,也正是可以忧虑的事。

我是个彻头彻尾自私的人，做丈夫已是勉强，做父亲更是不成。自然，"子孙崇拜"，"儿童本位"的哲理或伦理，我也有些知道；既做着父亲，闭了眼抹杀孩子们的权利，知道是不行的。可惜这只是理论，实际上我是仍旧按照古老的传统，在野蛮地对付着，和普通的父亲一样。近来差不多是中年的人了，才渐渐觉得自己的残酷；想着孩子们受过的体罚和叱责，始终不能辩解——像抚摩着旧创痕那样，我的心酸溜溜的。有一回，读了有岛武郎《与幼小者》的译文，对了那种伟大的，沉挚的态度，我竟流下泪来了。去年父亲来信，问起阿九，那时阿九还在白马湖呢；信上说，"我没有耽误你，你也不要耽误他才好。"我为这句话哭了一场；我为什么不像父亲的仁慈？我不该忘记，父亲怎样待我们来着！人性许真是二元的，我是这样地矛盾；我的心像钟摆似的来去。

你读过鲁迅先生的《幸福的家庭》么？我的便是那一类的"幸福的家庭"！每天午饭和晚饭，就如两次潮水一般。先是孩子们你来他去地在厨房与饭间里查看，一面催我或妻发"开饭"的命令。急促繁碎的脚步，夹着笑和嚷，一阵阵袭来，直到命令发出为止。他们一递一个地跑着喊着，将命令传给厨房里佣人；便立刻抢着回来搬凳子。于是这个说，"我坐这儿！"那个说，"大哥不让我！"大哥却说，"小妹打我！"我给他们调解，说好话。但是他们有时候很固执，我有时候也不耐烦，这便用着叱责了；叱责还不行，不由自主地，我的沉重的手掌便到他们身上了。于是哭的哭，坐的坐，局面才算定了。接着可又你要大碗，他要小碗，你说红筷子好，他说黑筷子好；这个要干饭，那个要稀饭，要茶要汤，要鱼要肉，要豆腐，要萝卜；你说他菜多，他说你菜好。妻是照例安慰着他们，但这显然是太迂缓了。我是个暴躁的人，怎么等得及？不用说，用老法子将他们立刻征服了；虽然有哭的，不久也就抹着泪捧起碗了。吃完了，纷纷爬下凳子，桌上是饭粒呀，汤汁呀，骨头呀，渣滓呀，加上纵横的筷子，欹斜的匙子，就如一块花花绿绿的地图模型。吃饭而外，他们的大事便是游戏，游戏时，大的有大主意，小的有小主意，各自坚持不下，于是争执起来；或者大的欺负了小的，或者小的竟欺负了大的，被欺负的哭着嚷着,到我或妻的面前诉苦;我大抵仍旧要用老法子来判断的,但不理的时候也有。最为难的,是争夺玩具的时候:这一个的与那一个的是同样的东西,却偏要那一个的;而那一个便偏不答应。在这种情形之下,不论如何,终于是非哭了不可的。这些事件自然不至于天天全有,但大致总有好些起。我若坐在家里看书或写什么东西,管保一点钟里要分几回心,或站起来一两次的。若是雨天或礼拜日,孩子们在家的多,那么,摊开书竟看不下一行,提起笔也写不出一个字的事,也有过的。我常和妻说,"我们家真是成日的千军万马呀!"有时是不但"成日",连夜里也有兵马在进行着,在有吃乳或生病的孩子的时候!

我结婚那一年,才十九岁。二十一岁,有了阿九;二十三岁,又有了阿菜。那时我正像一匹野马,那能容忍这些累赘的鞍鞯,辔头,和缰绳?摆脱也知是不行的,但不自觉地时时在摆脱着。现在回想起来,那些日子,真苦了这两个孩子;真是难以宽宥的种种暴行呢!阿九才两岁半的样子,我们住在杭州的学校里。不知怎地,这孩子特别爱哭,又特别怕生人。一不见了母亲，或来了客，就哇哇地哭起来了。学校里住着许多人，我不能让他扰着他们，而客人也总是常有的；我懊恼极了，有一回，特地骗出了妻，关了门，将他按在地下打了一顿。这件事，妻到现在说起来，还觉得有些不忍；她说我的手太辣了，到底还是两岁半的孩子！我近年常想着那时的光景，也觉黯然。阿菜在台州，那是更小了；才过了周岁，还不大会走路。也是为了缠着母亲的缘故吧，我将她紧紧地按在墙角里，直哭喊了三四分钟；因此生了好几天病。妻说，那时真寒心呢！但我的苦痛也是真的。我曾给圣陶写信，说孩子们的折磨，实在无法奈何；有时竟觉着还是自杀的好。这虽是气愤的话，但这样的心情，确也有过的。后来孩子是多起来了，磨折也磨折得久了，少年的锋棱渐渐地钝起来了；加以增长的年岁增长了理性的裁制力，我能够忍耐了——觉得从前真是一个"不成材的父亲"，如我给另一个朋友信里所说。但我的孩子们在幼小时，确比别人的特别不安静，我至今还觉如此。我想这大约还是由于我们抚育不得法；从前只一味地责备孩子，让他们代我们负起责任，却未免是可耻的残酷了!

正面意义的"幸福",其实也未尝没有。正如谁所说,小的总是可爱,孩子们的小模样,小心眼儿,确有些教人舍不得的。阿毛现在五个月了,你用手指去拨弄她的下巴,或向她做趣脸,她便会张开没牙的嘴格格地笑,笑得像一朵正开的花。她不愿在屋里待着;待久了,便大声儿嚷。妻常说,"姑娘又要出去溜达了。"她说她像鸟儿般,每天总得到外面溜一些时候。闰儿上个月刚过了三岁,笨得很,话还没有学好呢。他只能说三四个字的短语或句子,文法错误,发音模糊,又得费气力说出;我们老是要笑他的。他说"好"字,总变成"小"字;问他"好不好?"他便说"小",或"不小"。我们常常逗着他说这个字玩儿;他似乎有些觉得,近来偶然也能说出正确的"好"字了——特别在我们故意说成"小"字的时候。他有一只搪瓷碗,是一毛来钱买的;买来时,老妈子教给他,"这是一毛钱。"他便记住"一毛"两个字,管那只碗叫"一毛",有时竟省称为"毛"。这在新来的老妈子,是必需翻译了才懂的。他不好意思,或见着生客时,便咧着嘴痴笑；我们常用了土话，叫他做"呆瓜"。他是个小胖子，短短的腿，走起路来，蹒跚可笑；若快走或跑，便更"好看"了。他有时学我，将两手叠在背后，一摇一摆的；那是他自己和我们都要乐的。他的大姊便是阿菜，已是七岁多了，在小学校里念着书。在饭桌上，一定得啰啰唆唆地报告些同学或他们父母的事情；气喘喘地说着，不管你爱听不爱听。说完了总问我："爸爸认识么？""爸爸知道么？"妻常禁止她吃饭时说话，所以她总是问我。她的问题真多：看电影便问电影里的是不是人？是不是真人？怎么不说话？看照相也是一样。不知谁告诉她，兵是要打人的。她回来便问，兵是人么？为什么打人？近来大约听了先生的话，回来又问张作霖的兵是帮谁的？蒋介石的兵是不是帮我们的？诸如此类的问题，每天短不了，常常闹得我不知怎样答才行。她和闰儿在一处玩儿，一大一小，不很合式，老是吵着哭着。但合式的时候也有：譬如这个往床底下躲，那个便钻进去追着；这个钻出来，那个也跟着——从这个床到那个床，只听见笑着，嚷着，喘着，真如妻所说，像小狗似的。现在在京的，便只有这三个孩子；阿九和转儿是去年北来时，让母亲暂时带回扬州去了。

阿九是欢喜书的孩子。他爱看《水浒》，《西游记》，《三侠五义》，《小朋友》等；没有事便捧着书坐着或躺着看。只不欢喜《红楼梦》，说是没有味儿。是的，《红楼梦》的味儿，一个十岁的孩子，哪里能领略呢？去年我们事实上只能带两个孩子来；因为他大些，而转儿是一直跟着祖母的，便在上海将他俩丢下。我清清楚楚记得那分别的一个早上。我领着阿九从二洋泾桥的旅馆出来，送他到母亲和转儿住着的亲戚家去。妻嘱咐说，"买点吃的给他们吧。"我们走过四马路，到一家茶食铺里。阿九说要熏鱼，我给买了；又买了饼干，是给转儿的。便乘电车到海宁路。下车时，看着他的害怕与累赘，很觉恻然。到亲戚家，因为就要回旅馆收拾上船，只说了一两句话便出来；转儿望望我，没说什么，阿九是和祖母说什么去了。我回头看了他们一眼，硬着头皮走了。后来妻告诉我，阿九背地里向她说："我知道爸爸欢喜小妹，不带我上北京去。"其实这是冤枉的。他又曾和我们说，"暑假时一定来接我啊！"我们当时答应着；但现在已是第二个暑假了，他们还在迢迢的扬州待着。他们是恨着我们呢？还是惦着我们呢？妻是一年来老放不下这两个，常常独自暗中流泪；但我有什么法子呢！想到"只为家贫成聚散"一句无名的诗，不禁有些凄然。转儿与我较生疏些。但去年离开白马湖时，她也曾用了生硬的扬州话（那时她还没有到过扬州呢），和那特别尖的小嗓子向着我："我要到北京去。"她晓得什么北京，只跟着大孩子们说罢了；但当时听着，现在想着的我，却真是抱歉呢。这兄妹俩离开我，原是常事，离开母亲，虽也有过一回，这回可是太长了；小小的心儿，知道是怎样忍耐那寂寞来着！

我的朋友大概都是爱孩子的。少谷有一回写信责备我，说儿女的吵闹，也是很有趣的，何至可厌到如我所说；他说他真不解。子恺为他家华瞻写的文章，真是"蔼然仁者之言"。圣陶也常常为孩子操心：小学毕业了，到什么中学好呢？——这样的话，他和我说过两三回了。我对他们只有惭愧！可是近来我也渐渐觉着自己的责任。我想，第一该将孩子们团聚起来，其次便该给他们些力量。我亲眼见过一个爱儿女的人，因为不曾好好地教育他们，便将他们荒废了。他并不是溺爱，只是没有耐心去料理他们，他们便不能成材了。我想我若照现在这样下去，孩子们也便危险了。我得计划着，让他们渐渐知道怎样去做人才行。但是要不要他们像我自己呢？这一层，我在白马湖教初中学生时，也曾从师生的立场上问过丏尊，他毫不踌躇地说，"自然啰。"近来与平伯谈起教子，他却答得妙，"总不希望比自己坏啰。"是的，只要不"比自己坏"就行，"像"不"像"倒是不在乎的。职业，人生观等，还是由他们自己去定的好；自己顶可贵，只要指导，帮助他们去发展自己，便是极贤明的办法。

予同说，"我们得让子女在大学毕了业，才算尽了责任。"SK说，"不然，要看我们的经济，他们的材质与志愿；若是中学毕了业，不能或不愿升学，便去做别的事，譬如做工人吧，那也并非不行的。"自然，人的好坏与成败，也不尽靠学校教育；说是非大学毕业不可，也许只是我们的偏见。在这件事上，我现在毫不能有一定的主意；特别是这个变动不居的时代,知道将来怎样?好在孩子们还小,将来的事且等将来吧。目前所能做的,只是培养他们基本的力量——胸襟与眼光;孩子们还是孩子们,自然说不上高的远的,慢慢从近处小处下手便了。这自然也只能先按照我自己的样子:"神而明之,存乎其人。"光辉也罢,倒楣①也罢,平凡也罢,让他们各尽各的力去。我只希望如我所想的,从此好好地做一回父亲,便自称心满意。——想到那"狂人""救救孩子"的呼声,我怎敢不悚然自勉呢?

(本文原载1928年《小说月报》第19卷第10期)

---

① 即"倒霉"。——编者注

做了父亲

叶圣陶

做父亲的真欲帮助儿女仅有一途,
就是诱导他们,
让他们锻炼这种心思能力。

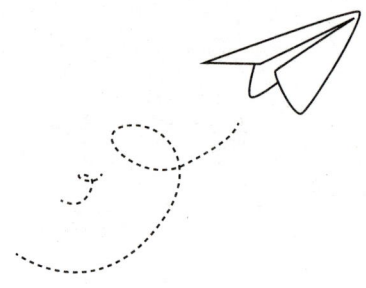

假若至今还没有儿女，是不是要与有些人一样，感到是人生的缺憾，心头总有这么一个失望牵萦着呢？

我与妻都说不至于吧。一些人没有儿女感到缺憾，因为他们认为儿女是他们份所应得的，应得而不得，当然要失望。也许有人说没有儿女就是没有给社会尽力，对于种族的绵延没有尽责任，那是颇为冠冕堂皇的话，是随后找来给自己解释的理由，查问到根柢，还是个得不到应得的不满足之感而已。我们以为人生的权利固有多端，而儿女似乎不在多端之内，所以说不至于。

但是儿女早已出生了，这个设想无从证实。在有了儿女的今日，设想没有儿女，自然觉得可以不感缺憾；倘若今日真个还没有儿女，也许会感到非常寂寞，非常惆怅吧。这是说不定的。

"教育是专家的事业"，这句话近来几乎成了口号，但是这意义仿佛向来被承认的。然而一为父母就得兼充专家也是事实。非专家的专家担起教育的责任来，大概走两条路：一是尽许多不必要的心，结果是"非徒无益，而又害之"；一是给了个"无所有"，本应在儿女的生活中给充实些什么，可是并没有把该给充实的付与儿女。

自家反省，非意识地走的是后一条路。虽然也像一般父亲一样，被一家人用作镇压孩子的偶像，在没法对付时，就"爹爹，你看某某！"这样喊出来；有时被引动了感情，骂一顿甚至打一顿的事也有。但是收场往往像两个孩子争闹似的，说着"你不那样，我也就不这样"的话，其意若曰彼此再别说这些，重复和好了吧。这中间积极的教训之类是没有的。

不自命为"名父"的，大多走与我同样的路。

自家就没有什么把握，一切都在学习试验之中，怎么能给后一代人预先把立身处世的道理规定好了教给他们呢？

学校，我想也不是与儿女有什么了不起的关系的。学习一些符号，懂得一些常识，结交若干朋友，度过若干岁月，如是而已。

以前曾经担过忧虑，因为自家是小学教员出身，知道小学的情形比较清楚，以为像个模样的小学太少了，儿女达到入学年龄的时候将无处可送。现在儿女三个都进了学校，学校也不见特别好，但是我毫不存勉强迁就的意思。

一定要有理想的小学才把儿女送去，这无异看儿女作特别珍贵特别柔弱的花草，所以要保藏在装着暖气管的玻璃花房里。特别珍贵么，除了有些国家的华胄贵族，谁也不肯对儿女作这样的夸大口吻。特别柔弱么，那又是心所不甘，要抵挡得风雨，经历得霜雪，这才可喜。——我现在作这样想，自笑以前的忧虑殊属无谓。

何况世间为生活所限制，连小学都不得进的多得很，他们一样要挺直身躯立定脚跟做人。学校好坏于人究竟有何等程度的关系呢？——这样想时，以前的忧虑尤见得我的浅陋了。

我这方面既然给了个"无所有"，学校方面又没有什么了不起的关系，这就拦到了角落里，儿女的生长只有在环境的限制之内，凭他们自己的心思能力去应付一切。这里所谓环境，包括他们所有遭值的事和人物，一饮一啄，一猫一狗，父母教师，街市田野，都在里头。

做父亲的真欲帮助儿女仅有一途，就是诱导他们，让他们锻炼这种心思能力。若去请教专门的教育者，当然，他将说出许多微妙的理论，但是要义大致也不外乎此。

可是，怎样诱导呢？我就茫然了。虽然知道应该往哪一方向走，但是没有往前走的实力，只得站在这里，搓着空空的一双手，与不曾知道方向的并无两样。我很明白，对儿女最抱歉的就是这一点，将来送不送他们进大学倒没有多大关系。因为适宜的诱导是在他们生命的机械里加添燃料，而送进大学仅是给他们文凭、地位，以便剥削他人而已。（有人说起振兴大学教育可以救国，不知如何，我总不甚相信，却往往想到这样不体面的结论上去。）

他们应付环境不得其当甚至应付不了的时候，一定会怅然自失，心里想，如果父亲早给点儿帮助，或者不至于这样无所措吧。这种归咎，我不想躲避，也没法躲避。

对于儿女也有我的希望。

一句话而已，希望他们胜似我。

所谓人间所谓社会虽然很广漠，总直觉地希望它有进步。而人是构成人间社会的。如果后代无异前代，那就是站在老地方没有前进，徒然送去了一代的时光，已属不妙。或者更甚一点，竟然"一代不如一代"，试问人间社会经得起几回这样的七折八扣呢！凭这么想，我希望儿女必须胜似我。

爬上西湖葛岭那样的山就会气喘，提十斤左右重的东西走一两里路胳膊就会酸好几天，我这种身体是完全不行的。我希望他们有强壮的身体。

人家问一句话一时会答不上来，事务当前会十分茫然，不知怎样处置或判断，我这种心灵是完全不行的。

我希望他们有明澈的心灵。

　　说到职业，现在干的是笔墨的事，要说那干系之大，当然可以戴上文化或教育的高帽子，于是仿佛觉得并非无聊。但是能够像工人农人一样，拿出一件供人家切实应用的东西来么？没有！自家却使用了人家生产的切实应用的东西，岂非也成了可羞的剥削阶级？文化或教育的高帽子只能掩饰丑脸，聊自解嘲而已，别无意义。这样想时，更菲薄自己，达于极点。我希望他们与我不一样：至少要能够站在人前宣告道，"凭我们的劳力，产生了切实应用的东西，这里就是！"其时手里拿的是布匹米麦之类；即使他们中间有一个成为玄学家，也希望他同时铸成一些齿轮或螺丝钉。

（本文原载1931年1月1日《妇女杂志》第17卷第1号）

爱子之心

丰子恺

父母为什么给他们取这种乳名呢?
窥察他们的用意,
大概出于爱子之心。

PART 1 站在孩子的一边

吾乡风俗,给孩子取名常用"丫头","小狗","和尚"等。倘到村庄上去调查起来,可见每个村庄上名叫丫头的一定不止一个,有大丫头,小丫头等;名叫和尚的也一定不止一个,有三和尚,四和尚等。不但村庄上如此,镇上,城里,也有着不少的丫头,小狗,和和尚。名叫丫头的有时是一个老头子,名叫小狗的有时是一条大汉,名叫和尚的有时是一个富商。我在闻名见面时,往往忍不住要笑出来。

这种名字当然不是本人自己要取的,原是由乳名沿用而来的,但他们的父母为什么给他们取这种乳名呢?窥察他们的用意,大概出于爱子之心。这种人的孩子时代大概是宠儿或独子。父母深恐他们不长养，因而给他们取这种名字。

为什么给孩子取名丫头，小狗，或和尚，孩子便会长养呢？窥察他们的理论是这样：世间可贵的东西往往容易丧失，而贱的东西偏生容易长养。故要宠儿或独子长养，只要在名义上把他们假装为贱的，死神便受他们的欺骗，不会来光顾了。故普通给孩子取名，大都取个福生，寿生，富生，或贵生；但给宠儿或独子取名，这等好字眼都用不着。并非不要他有福，有寿，大富，大贵，只因宠儿或独子，本身已经太贵而有容易丧失的危险。欲杜死神的觊觎而防危险，正宜取最贱的称呼。他们以为世间贱的东西，是女人，畜生，和和尚。故宠儿或独子的名字取了"丫头"，"小狗"，或"和尚"，死神听见了便以为他真是丫头，真是和尚，或者真是一只小狗，就放他壮健地活在世上了。

"丫头"这称呼，在吾乡有两种用法：镇上人称使女为丫头，乡下人称女儿为丫头。无论为使女或女儿，总之，丫头就是女孩子。女人是贱的，女孩子是女人中之小者，故丫头犹言"小贱人"。以此称呼宠儿或独子给死神听,最为稳当。故一村之中,名叫丫头的一定不止一个。

畜生的贱,不言可知,但其中最贱的是狗,因为它是吃屎的。故宠儿独子只要实际不吃屎,不妨取名小狗。

至于和尚,在吾乡也是贱的东西。把儿子卖给寺里作小和尚,丰年也只卖三块钱一岁,荒年白送也没有人要。这样看来,小和尚比猪羊等畜生更贱。故名叫和尚的孩子尤多。但又有人说,这名字除此以外还有一种法力:和尚是修行的,修行是积福积寿的。取名为和尚,可免修行之苦,而得福寿之利,也是一种不劳而获的方法。

(本文原载1933年8月16日《东方杂志》第30卷第16号)

我不再和你说教条式的话

傅 雷

你缺少勇气的时候，
尽管来信告诉我，
我可以替你打气。
倘若你心绪不好，
也老老实实和我谈谈，
我可以安慰安慰你，
代你解决一些或大或小的烦恼。

在公共团体中，赶任务而妨碍正常学习是免不了的，这一点我早料到。一切只有你自己用坚定的意志和立场，向领导婉转而有力的去争取。否则出国的准备又能做到多少呢？特别是乐理方面，我一直放心不下。从今以后，处处都要靠你个人的毅力、信念与意志——实践的意志。我不再和你说教条式的话，去年那三封长信把我所想的话都说尽了；你也已经长大成人，用不着我一再叮嘱。但若你缺少勇气的时候，尽管来信告诉我，我可以替你打气。倘若你心绪不好，也老老实实和我谈谈，我可以安慰安慰你，代你解决一些或大或小的烦恼。关于××的事，你早已跟我表明态度，相信你一定会实际做到。你年事尚少，出国在即；眼光、嗜好、趣味，都还要经过许多变化；即使一切条件都极美满，也不能担保你最近三四年中，双方的观点不会改变，从而也没法保证双方的感情不变。最好能让时间来考验。我二十岁出国，出国前后和你妈妈已经订婚，但出国四年中间，对她的看法三番四次的改变，动摇得很厉害。这个实在的例子很可以作你的参考，使你做事可以比我谨慎，少些痛苦——尤其为了你的学习，你的艺术前途！

另外一点我可以告诉你，就是我一生任何时期，闹恋爱最热烈的时候，也没有忘却对学问的忠诚。学问第一，艺术第一，真理第一，爱情第二，这是我至此为止没有变过的原则。你的情形与我不同：少年得志，更要想到"盛名之下，其实难副"，更要战战兢兢，不负国人对你的期望。你对政府的感激，只有用行动来表现才算是真正的感激！我想你心目中的上帝一定也是 Bach（巴赫）、Beethoven（贝多芬）、Chopin（萧邦①） 等等第一，爱人第二。既然如此，

---

① 今译"肖邦"。——编者注

你目前所能支配的精力与时间，只能贡献给你第一个偶像，还轮不到第二个神明。你说是不是？可惜你没有早学好写作的技术，否则过剩的感情就可用写作（乐曲）来发泄，一个艺术家必须能把自己的感情"升华"，才能于人有益。我绝不是看了来信，夸张你的苦闷，因而着急；但我知道你多少是有苦闷的，我随便和你谈谈，也许能帮助你廓清一些心情。

（本文系傅雷1954年3月写给儿子傅聪的家信）

向儿童学习

王开岭

◇◇◇◇◇◇◇◇◇◇◇◇◇◇◇◇◇

从何时起,
一个少年开始学着嘲笑天真了,
开始为自己的"幼稚"
而鬼鬼祟祟地脸红了?

每个人的身世中,都有一段称得上"伟大"的时光,那就是他的童年。泰戈尔有言:"诗人把他最伟大的童年时代,献给了世界。"或许亦可说:孩子把他最美好的童贞,献给了成人社会。

孩提的伟大在于:那是个怎么做梦都不过分的季节,那是个深信梦想可以成真的年代……人在一生里,所能给父母留下的最美好的馈赠,莫过于其童年了。

德国作家凯斯特纳在《开学致词》的演讲中,对家长和孩子们说——

"这个忠告你们要像记住古老纪念碑上的格言那样,印入脑海,嵌入心坎:那就是不要忘怀你们的童年！只有长大成人并保持童心的人，才是真正的人……假若老师装作知晓一切的人，你们要宽恕他，但不要相信他。假如他承认自己的缺陷，那你们要爱戴他……不要完全相信你们的教科书，这些书是从旧的书里抄来的，旧的又是从老的那里抄来的，老的又是从更老的那里抄来的……"

作家的最后一句话让我激动得几乎颤抖了。他这样说——

"现在想回家了吧，亲爱的小朋友？那就回家去吧！假如你们还有一些东西不明白，请问问你们的父母。亲爱的家长们，如果你们有什么不明白的，请问问你们的孩子们。"

请问问你们的孩子们！多么意外的忠告，多么精彩的逆行啊。

公正的上帝，曾送给每个生命一件了不起的礼物：嫩绿的童年！可惜，这嫩绿在很多人眼里似乎并没什么价值，结果丢得比来得还快，褪得比生得还快。

儿童的美德和智慧，常被成人粗糙的双目所忽视，常被不以为然地当废电池一样扔进岁月的纸篓里。很多时候，孩提时代在教育者那儿，只被视作一个"待超越"的初始阶段，一个尚不够"文明"的低级状态……父母、老师、长辈都眼巴巴焦急地盼着，盼他们尽早摆脱这种幼稚和单薄，"从生命之树进入文明社会的罐头厂"（凯斯特纳语），尽早地变作和自己一样"散发着罐头味的人"——继而成为具有呵斥下一代资格的"正式人"和"成品人"。

也就是说，儿童在成人眼里，一直是被当作"不及格、非正式、未成型、待加工"的生命类型来关爱与呵护的。

这实在是天大的误会！天大的错觉！天大的自不量力！

1982年，美国纽约大学教授尼尔·波茨曼出版了《童年的消逝》一书。书中一重要观点即：捍卫童年！作者呼吁，童年概念是与成人概念同时存在的，儿童应充分享受大自然赋予的童年生活，教育不应为儿童未来而牺牲儿童现在，不能从未来的角度提早设计儿童的当下生活……美国教育家杜威也指出："生活就是'生长'，一个人在某一阶段的生活，和另一阶段的生活同样真实、同样积极，其内容同样丰富，地位同样重要。因此，教育就是无论年龄大小，都要为其充分生长而供应条件的事业……教育者要尊重未成年状态。"目前，国际社会普遍信奉的童年诉求包括：首先，须将儿童当"人"看，承认其独立人格；其次，须将儿童当"儿童"看，不能视为成人的预备；再者，在儿童成长期，应提供与之身心相适应的生活。

对儿童的成人化塑造，乃这个时代最丑最蠢的表演之一。而儿童真正的乐园——大自然的被杀害，是成人世界对童年犯下的最大罪过。就像鱼缸对鱼的罪过，马戏团对动物的罪过。我们还有什么可向儿童许诺的呢？

人要长高，要成熟，但成熟并非一定是成长。有时肉体扩张了，年轮添加了，反而灵魂萎缩、人格变矮，梦想溜走了。他丢了生命最初之目的和逻辑，他再也找不回那股极度纯真、天然和正常的感觉……

"回家问问孩子们！"并非一句戏言、一个玩笑。

在热爱动物、反对杀戮、保护环境方面，有几个成年人能比孩子理解得更本色、履践得更彻底和不折不扣呢？

当成年人忙于砍伐森林、猎杀珍禽、锯掉象牙、分割鲸肉……忙于往菜单上填写熊掌、蛇胆、鹿茸、猴脑的时候，难道不应回家问问自己的孩子吗？当成年人欺上瞒下、言不由衷，对罪恶熟视无睹、对丑行隔岸观火的时候，难道不应回家问问自己的孩子吗？

有一档电视节目，播放了记者暗访一家"特色菜馆"的影像，当一只套铁链的幼猴面对屠板——惊恐万状、拼命向后挣扎时，我注意到，演播室的现场观众中，最先动容的是孩子，表情最震荡的是孩子，失声啜泣的也是孩子。无疑，在很多良知判断上，成年人已变得失聪、迟钝了。一些由孩子脱口而出的常识，在大人们那儿，已变得嗫嚅不清、模棱两可、含糊其词了。

应该说，在对善恶、正邪、美丑的区分，在对两极事物的判断、投票和立场抉择上，儿童比成人要清晰、利落和果决得多。儿童生活比成人要天然、简明、纯净，他还不懂得妥协、隐瞒、撒谎、虚与委蛇等"厚黑"术。在对弱者的态度上，他的爱意之浓、援手之慷慨、割舍之坦荡，尤其令人感动和着迷。

"天真"——这是我心目中对生命的最高审美了。

那时候,我们以为天上的星星一定能数得清,于是便真的去数了……

那时候,我们以为所有的梦想明天都会成真,于是便真的去梦了……

可以说,童年所赐予我们的幸福、勇气、快乐、鼓舞和信心,童年所教会我们的高尚、善良、温情、正直与诚实,比人生任何一个时期都要多,都要丰盛。

有一次,高尔基去拜访列夫·托尔斯泰,一见面,老人就对他说:"请不要先和我谈您正在写什么,我想,您能不能给我讲讲您的童年……比如,您可以想起童年时一件有趣的事儿?"显然,在这位历尽沧桑的老人眼里,再没有比童年更生动和优美的作品了。

凯斯特纳的《开学致词》固然是一篇捍卫童年的宣言,令人鼓舞,让人感动和感激。但更重要的是:后来呢?有过童贞岁月的他们后来又怎样了呢?一个人的童心是如何从其生命流程中不幸消失的?即使有过天使般笑容和花朵般温情的他又能怎样呢?到头来仍免不了钻进父辈的躯壳里去,以致你根本无法辨别他们——像"克隆"的复制品一样：一样的臃肿、一样的浑浊、一样的功利、一样的俗不可耐、无聊透顶……

一个人的童心宛如一粒花粉，常常会在无意的"塑造"中，被世俗经验这只蟑螂悄悄拖走……然后，花粉消失，人变成了蟑螂。这也就是巴乌斯托夫斯基[①]所说的"生命丢失"吧。

所谓的"成熟"，表面上是一种增值，但从生命美学的角度看，却实为一场减法：不断地交出与生俱来的美好元素和纯洁品质，去交换成人世界的某种逻辑、某种生存策略和实用技巧。就像一个懵懂的天使，不断地掏出衣兜里的宝石，去换取巫婆手中的玻璃球……

从何时起，一个少年开始学着嘲笑天真了，开始为自己的"幼稚"而鬼鬼祟祟地脸红了？

（本文写于2001年，选自王开岭著《精神明亮的人》，书海出版社2009年1月出版）

[①] 苏联著名小说家、剧作家、散文家和文艺评论家。——编者注

母亲溺爱是必须的

池 莉

我必须溺爱我孩子虚弱的地方,
我必须以溺爱增强我孩子的软肋。

人们都说不要溺爱孩子,可是,从来没有人告诉我:是彻底杜绝溺爱,还是摒弃部分溺爱?孩子的哪些表现不可以溺爱,哪些表现又可以溺爱?当我成为母亲,我发现,作为妈妈,对自己十月怀胎的孩子,没有溺爱,简直不可能!

我们人类的孩子生出来是那么弱小,处于半发育状态,不像许多动物,比如大象,它们会怀孕22个月,小象在母亲子宫里完全发育成熟,具备所有生存能力,出生以后几分钟就站立起来,几个小时后就能行走奔跑,自己吃东西,懂得钻进象群的中心部分以保护自己的生命,懂得分辨敌友并且懂得趋利避害。人类的孩子在胎里发育只是完成了一部分，还有许多的部分比如性格、脾气、分辨敌友、趋利避害，都需要经过社会磨砺，才能够逐步发育成熟。

在我决定要孩子以后，我开始对孩子以及他们的父母特别敏感。我看见很普遍的现象是：给孩子一颗糖，去去去，一边玩去；吵什么吵？再吵不给你吃；要钱吃零食，给钱，自己去买，孩子买的什么和买了多少，大人不管；听话啊，再不听话就不给零花钱了；考试得了100分，马上给你买名牌。

以上诸如此类的爱或者溺爱，都是要我引以为戒的。我无数次地想：以后我可不能这样打发和对付自己的孩子。我以为太过随意的滥爱，会损害孩子正常的心智发育。做妈妈的在孩子出生后，更有责任继续帮助孩子完成她的发育，直至她适应社会，适应生存竞争，当然，最好还可以有能力赢得优越的生存。因此，怎么溺爱孩子，是我一直都最放不下的心思，也是我最小心翼翼的行为，因为我非常明白我自己本身就有许多致命弱点，许多不恰当的行为会害了孩子。

我并未傻到认为我孩子完美无缺。恰恰相反，伴随婴幼儿的逐渐长大，我发现了我孩子许多的弱点。她胆小，怕人，隐忍，死活都只憋屈自己。如果照这样发展下去，在她一生的生存和竞争中，怎么能够得到健康快乐和幸福？

亦池小时候，我们的日子是这样清贫艰难，最初两三年，日常生活物质依然匮乏得还是必须凭票供应，小保姆的柴米油盐都是黑市的，没有自己的住房，借居的脸色很难看。鸡蛋那时候很珍贵，我孩子吃的鸡蛋几乎全靠我父母接济，他们不得不在自家阳台上养鸡，把家里弄得臭烘烘的。日子不好过，又在住房、上幼儿园、上小学等事情上，处处遇阻，连遭刁难。我脾气急躁，时常会烦。孩子父亲又易暴躁，动不动就拍桌子、打椅子、摔东西。磕磕碰碰来了，争争吵吵来了，分歧对立来了。家里一旦有风吹草动，小亦池立刻往最角落里躲避，她要么默默流泪，要么神情阴郁死死沉默。

小亦池是那么敏感和惧怕他人的强势和蛮横。有一次，她纠缠着我不停地和她玩"翻叉"，由于我实在有事情忙，就不耐烦地横了她一眼。立刻，她既不吭声也不哭闹,快快离开,钻进她自己的被窝久久不见露面。直到我害怕她憋死,主动过去揭开被窝,小亦池两眼直直傻傻地盯着天花板。我轻轻向她道了一个歉,她的泪水才哗哗流淌出来。

任何时候,小亦池只要瞥见她爸爸把脸一丧,她顿时就会觉得大难当头。一个小孩子,还没长到桌子高,伸手间无意碰翻了桌子上的一瓶止咳糖浆,地板弄脏了,她爸爸一见就恼怒,小亦池吓得钻进桌子里头,整整一个下午直到我爬进去强行把她抱出来。亦池在外面院子里玩耍,天黑了很久了还不记得回家。特别是学校的考试成绩单,总是一重地狱。只要亦池成绩单有不够理想的分数,她爸爸当即就有难看的脸色。亦池立刻就会蔫头耷脑,流泪,自闭,整个人完全木然了。

我想我们家的一些亲朋好友,一定会有人以为亦池是笨拙、迟钝和淡漠的。因为在那些短暂的节假日家庭聚会上,大人们多少都有唇枪舌剑、夹枪带棒,种种脸色隐藏不满,小亦池常常就是笨拙、迟钝和淡漠的,她不能像别的孩子那样快乐活泼、巧舌如簧,不能自如地应对大人们,更没有办法表现出孩子的童言无忌或者甜言蜜语。

每当这些时候，我都不忍看自己的孩子，我心里难受。我开始注意检讨自己，要求自己力戒急躁，力戒脾气大，力戒在争论的时候容易冒出来的强势。我也与孩子爸爸进行多次正式谈话，也希望他能够注意自我检讨，力戒粗暴的毛病。当然，他并不认为自己有毛病，认为只是我毛病太大，以至于吵架更加频繁起来。我改变不了孩子的父亲，我可以尽量改变自己的性格，尽管"江山易改，本性难移"，我的努力并不能很快奏效，但是我得尽力，为了我的孩子。逐渐地，只要亦池在家，只要是当着亦池的面，我就强烈克制和忍让。

小亦池是个普通孩子，我没有发现她特别的聪明，或者特别的有天赋。在一群年龄相仿的小家伙中间，往往小亦池的反应不是最敏捷的，脑筋也不是最灵活的，语言表达更是讷讷不出于口，胆怯使得她更多的时候是腼腆和羞涩的。但是，只要拥有快乐轻松的心情和氛围，小亦池的表现就会令人刮目相看。比如上幼儿园，从踏进幼儿园的第一步到三年后毕业，小亦池一次都没有哭闹。比如小学期间，全校列队操场开大会，一只老鼠窜进她棉袄里头，她也没有大叫大喊。对于这些出色表现，我无比自豪，我无数次地认定并夸赞小亦池是世界上心理素质最稳定的好孩子。尽管长大后的亦池觉得我有点夸张，但她非常开心。

  对于小亦池的性格弱点，我必须溺爱。我的溺爱不是给钱，不是给零食小吃，就是任何时候都维护她、信任她，尽可能为她营造更多的快乐轻松气氛。在这一点上，我不管什么理智不理智。只要谁给我孩子脸色看，谁压抑她，我就要设法排除，哪怕得罪人或者威胁人，我都会做的。亦池初上小学，我就找她们的小学校长谈过，我告诉她，如果她再在学校大会上不指名地讽刺我孩子是因为妈妈有名才得以进校的，我会找报社，会找教委，会找教育局。我宁可与孩子爸爸吵翻直至离婚，都不可以接受和原谅她爸爸对孩子的乖戾脾气：一会儿亲密得不得了，肉麻得不得了，顷刻又可以丧着脸大吼大叫。

  我必须溺爱我孩子虚弱的地方，我必须以溺爱增强我孩子的软肋，好让她逐渐适应这个专横跋扈的社会，适应竞争社会的弱肉强食的环境，也许她性格中有天生难以改变的部分，但我可以尝试促进她的心理素质更加强健和强大，慢慢变得不那么胆怯害怕和窝心难受，慢慢往人群当中去——不管他们怎么讽刺打击和掠夺你。往后，长大了，这世界给你找不愉快的人，还多着呢。

奏效了。效果在慢慢显现。小亦池大约五六岁那一年，我带她出去旅行，一群朋友聚会吃饭，其中有个与亦池年龄相仿的小朋友。吃饭的时候，两个小孩子一边玩起游戏来，他俩比赛谁能够盘腿打坐得更久。时间过去了很久，亦池还在端坐，那孩子却再也耐不住动弹起来。可是，输掉的孩子倒先发制人地哭号起来，满地打滚，泼皮放赖，不仅一把拿走亦池的椰奶，还要霸占赢家的那罐椰奶。大人们只好都去抚慰他，纷纷给他好东西吃。我的亦池，没有躲进角落，也没有委屈流泪，甚至都不责怪一句小朋友，只是她自己依然盘腿端坐，微闭双目，一动不动。事后不久，那孩子又来主动找亦池玩了，并且显然有服从亦池的意愿。

小亦池的这一次表现，极大鼓舞了我。尽管她被夺走了椰奶，但是有效保护了自己的内心健康和愉悦，因为大家的赞誉，亦池获得了比一罐椰奶更多的快乐。我则更陶醉于自己孩子的风度了，这风度里有一种高贵庄严的气质，吃亏是福，一个人如果能够吃亏，还有什么失去的痛苦呢？我坚信，人类更高阶段的文明正在中国发展壮大：这一场经济体制的改革开放，多少会把中国从低级的小农社会带向更高级的工业社会，这是历史大趋势。然而无论社会形态，无论古往今来，人的高贵，都拥有更加强大的个人魅力，这种个人魅力就是力量。孩子，做一个漂亮人物吧！

　　亦池的性格弱点，顺利朝着有利的方向变化和进步着，她不害怕小朋友了，包括那些有攻击性、有掠夺性的。亦池天生的宅心仁厚在健康生长和壮大，在她所必须相处的人群中，亦池安静、温顺、淳厚、谦让，既不争抢话头，也不争抢风头，无论从语言上还是行为上，她都不会刺激、污辱、打压其他小朋友。幼儿园三年多的时间，小亦池基本形成了稳定的性格优点，最终她赢得了小朋友们的爱戴，慢慢身边就有三朋四友了，还经常有一些莽撞勇敢的小男孩，主动替小亦池背书包，屁颠屁颠地跟随在她的后面，不许别人欺负小亦池。许多孩子经常会讨好亦池，赠送一些零嘴小吃，果冻啊、膨化饼啊等等。我的小亦池从来不爱这些零嘴小吃，但是她也懂得答谢他人美意。小亦池答谢小朋友的方式是麻烦妈妈。她向小朋友真诚地推荐了妈妈的烹饪手艺，说什么："我不喜欢吃零食，是因为我更喜欢吃饭，因为我妈妈的菜做得非常非常好吃！"

小朋友大多数都是独生子女，许多孩子被宠得不得了，是家里几代人的小皇帝，以至于他们身边整天都堆满了花花绿绿的零食小吃，反而正经吃饭变成了问题。孩子们都不肯好好吃饭，哪里还可以听得到"妈妈的饭非常非常好吃"到超过零食呢？小亦池绘声绘色的色香味细节描述，使得孩子们露出一副馋相，热烈向往起亦池妈妈的饭菜。终于有一天，我的小亦池就豪迈地答应请客吃饭了。

最初一刻，我以为自己听错了。才四五岁的小屁孩，搞什么请客吃饭？

亦池乐呵呵地说："我幼儿园的朋友啊！我的那

一帮哥们儿啊！"

小亦池说这话时候的那表情，那开心、那顽皮、那快活、那骄傲，让我完全无法拒绝。可是，在家里请客吃饭，实在太麻烦了！十好几个孩子，我家碗筷和桌椅板凳都不够！而且，我是没日没夜都在写作，平日都是没有什么闲暇的，我自己都从来不请朋友来家里吃饭，实在没有时间，也实在太麻烦了！我的同事、朋友们的建议都很干脆，一句话：小孩子当什么真？不理！

然而，我必须溺爱我的孩子。我必须支持我孩子的社会交往与社会活动能力。我孩子必须多多地交朋结友，融入人群，了解人群，以尽量减少胆怯，直至消灭害怕。

我答应了。我在小亦池面前踱来踱去，紧张和担心失败，因为我从来没有请过这么多客人吃饭啊！我让我的孩子当家做主地鼓励我，给我打气，给我建议菜谱，我们再一起到邻居家去借桌椅板凳和餐具。整个过程，我的小亦池忙得乐颠颠的，脸蛋红艳艳的，还时常鼓励我。

第一次替小亦池大宴宾客，令我此生难以忘怀。大清早起床，手拿菜谱，奔赴菜市场，大肆采买。一路小跑回家，择菜料理，红案白案。清洗餐桌餐椅，高温煮沸消毒碗筷厨具。忙得我整个人像鸟一样飞飞的，脚不沾地。

晚饭时候到了，孩子的父母们纷纷送来了他们的孩子，然后约好两个小时以后再来接走他们。我对所有的家长抱歉，因为我实在没有能力同时邀请家长们进餐。

开饭了，我们家里满屋子都是小家伙，满屋子浓烈的孩子气味，小家伙们吃得津津有味，"阿姨，阿姨"的一片叫声，此起彼伏地要求添菜，个个都变得食量惊人。我的小亦池穿梭在她的朋友之间，笑容可掬，扬扬得意，很高兴事实证明了她平日的吹嘘所言不虚，甚至有小孩子称呼亦池为"帮主"了。看着这个场面，我开心极了。

从此，我的烹饪美名在亦池的小朋友当中流传开来。惊回首，简直不敢相信，小亦池在家大宴宾客，居然从幼儿园开始一直延续到小学，又从初中延续到高中，再从英国高中延续到英国大学，乃至发展到不仅在我家吃妈妈做的饭，还在我家让妈妈安排大家睡觉过夜，还在我家集体看世界杯，还让妈妈买影碟在我家集体看恐怖片了。

亦池在英国一直念到硕士的这个暑假，回家不仅带同学来吃饭，干脆还就住在我们家了。任何时候，只要亦池有要求、有吩咐，我都乐意。我都会立刻放下手中的事情，哪怕是很重要的出国或者出版活动，我都会暂停或者放弃，去给孩子张罗饭菜。

其实坦白说，我烹调一般般。我家饭菜都比较简单，也许根本算不上丰盛和美味。那都没有关系，我是醉翁之意不在酒：我只想听从孩子的心愿，我只想要她快乐，以便她在快乐中逐渐战胜自身的性格弱点。

（本文选自池莉著《立》，长江文艺出版社2013年5月出版）

给女儿的奖品

王开林

小孩子学习有动力与没动力就是大不同。

多年来，我对狗一直爱恨参半，甚至恨多于爱。童年、少年时期，我家那条"好汉"陪我度过了长长一段孤寂的时光，形影不离，相依为命，然而邻村的两头恶犬曾在新稻初登的田头将我撕咬得遍体鳞伤，昏迷三天三夜，从头到脚留下十多道伤疤，至今仍在提醒我那场横祸毋庸置疑的真实性。

亲身遭遇很容易影响个人判断，我对狗的好感早就理所当然地停摆了。我写过一篇杂文《宠物也疯狂》，对那些豢养宠物的主人不加区别地冷嘲热讽了一番。这种过激反应是往昔的恨意仍在开枝散叶。

五年前，女儿伊美就缠着我要买一条泰迪犬。我说：

"养狗太麻烦了,搞卫生不容易,必须办户口,打各种疫苗,提防它咬伤自己或是咬伤别人,还要定期给它洗澡,每天带它出门溜达,谁有那么多时间和精力去照顾它?"伊美就一再保证,她愿意负责照顾狗狗的衣食住行。她年纪还小,这一点不可能做到。我以各种理由拒绝了女儿一千次,她却一直不肯罢休,反复提出自己的诉求,甚至对我大声喊话:"家里养条狗才更像个家!"

我对应试教育缺乏好感,在目前不容乐观的生态环境下,能够考核小孩子做事态度的指标,除了分数还是分数,这真的令家长很无奈。读书以来,伊美的语文、数学成绩一直稳定在95分左右,但她马虎大意,单门功课很少能够打满分。有一天,我在饭桌上批评她做事粗枝大叶,只求完工,不求完美。她当即顶嘴道:"就算门门功课我都打100分,你也不会给个奖励,叫我怎么追求完美!"要奖品?这好办。精神激励加物质奖励,没问题。我决定悬赏。她顿时兴奋起来,先拧上"螺帽":"爸爸,你说话算不算数?"我回答她:"绝对算数。"她意犹未尽,再紧上一扳手:

"爸爸要是反悔,在我心目中,你就会威信扫地!"然后,她报出奖品单来:"期末考试,门门功课都打100分,你要给我买一条贵宾犬!"这下就轮到我语塞了,我怎么就没想到她会提出这个相当合理的"无理要求"呢?既然有言在先,我就得恪守承诺。那天,她特别高兴,把家常便饭当成满汉全席来吃。

你别说,小孩子学习有动力与没动力就是大不同。此后两个月,伊美做功课,精气神更足了,昔日写字,西丢一点,东少一捺,乘号写得像加号,现在全都"整了容"。期末考试前,她再次跟我拉钩,我故作轻松地调侃道:"伊美,你的成绩是未知数,我的奖品是已知数,就看你有没有这个本事拿走它!"公布成绩那天,我出差在外,下午收到伊美发来的短信:"爸爸,你输了,我赢了!"一个多小时后,我就收到了意料之中的彩信,一条棕色小泰迪的倩影跃然于手机屏上,伊美告诉我,狗狗的名字她已经取好了,叫"乖乖"。

回家后,我才知道,伊美的成绩并非门门都是满分,英语和数学100,语文只有98。她妈妈说:"伊美的进步有目共睹,我们就不要吹毛求疵了。"憨头憨脑的棕色泰迪摇晃小尾巴,我见犹怜,那点不满意顿时烟消云散。

乖乖成了家里的编外成员,伊美分工如下:她是乖乖的玩伴,妈妈是乖乖的美容师,外婆是乖乖的营养师,爸爸是乖乖的训练师,各司其职。她们的任务一目了然,我的任务还得费点笔墨说明:教会乖乖上厕所,早晚带它出门遛圈。说来容易,做来难,花了两个月时间,我才教会乖乖到厕所便便,至于遛圈,倒是与我的健身计划实现了无缝对接,早晨我散步,打太极拳,乖乖陪我,晚饭后,我去公园散步,乖乖随行,起初还要牵着,后来它听从我的指挥,已能进退自如。相处的时间久了,彼此的感情日益加深,我读书、写作时,乖乖若睡觉,总是选择离我最近的地方,时不时抬头望我两眼,那清亮活泼的眼神使我文思泉涌。

一位爱犬如子的同行曾对我说:"看到狗狗,你就能看到儿童的天真和老友的忠实,更能感受到家庭的温暖。"这话没错。乖乖给家里添了乱,也添了欢喜,这枚开心果使我们的生活质量大为提高。

我万万没料到,一位编外家庭成员只用半年时间就彻底俘获了我的爱心,别说出差数日,就是出门数小时,也会挂念它。这回轮到伊美来调侃我了:"老爸,要是你五年前送我泰迪,那你早就收获一大堆快乐了!"尽管我认同她的说法,但不肯当场服输,于是急中生智地反问道:"要是我没有先见之明,乖乖不就跟你无缘了吗?"伊美当然明白事理,乖乖似懂非懂,竟然也在一旁不停地摇尾巴。

幸福的家庭该是什么样子?一千个人就会有一千个答案。我的理解是:编内成员与编外成员和谐相处,其乐融融,就差不离了。

(本文原载《家庭》2013 年第 20 期)

我和丈夫都曾弄丢过孩子

张丽钧

我曾这样从他们身边走丢过，
但是，在我的人生道路上，
因为有他们的陪伴和指引，
我从来都没有迷失过。

话说，一个粉丝读了我儿子写的《我眼中的父亲母亲》那组文章后，饶有兴趣地发现，这孩子被弄丢过两次！一次是被他爸爸弄丢的，一次是被他妈妈弄丢的。这个聪明的粉丝敏锐地捕捉到了此事的笑点与槽点，她居然给我留言，问我可不可以把这两个"美妙"的小故事再讲述一遍？我说："亲爱的，你真是唯恐你姐不悲呀！好吧好吧，遵你所嘱，复习一遍！"

走起——

我儿子4岁那年，他爸爸老徐带着他去马矿新区菜市场买菜。菜市场离我家大概有两站地的距离，要穿过一个杂乱的小区。我们一般都抄近路，七拐八拐。

当时正是春光灿烂的时节，到处都是乱窜的红男绿女。

那爷俩去买菜了，我在家里洗衣服。洗完了衣服，准备晾晒的时候，有人敲门。

打开门，是儿子！一个人！手里还拿着一张贴画！

我惊问："爸爸呢？"

小声答："我把爸爸弄丢了……"

我吼："你再说一遍！"

他带着哭腔说："我把爸爸弄丢了。"

我的脑袋嗡地一下就炸了！那时候还没有手机。我思忖，我家老徐还不得急疯了！

我赶紧拽孩子往外跑。

待我们来到菜市场，根本寻不到老徐的踪影。惶急间，听到大喇叭里正在广播找人："哪位顾客捡到了一个4岁的小男孩儿，穿黑色西服，手里拿着一张贴画。孩子与爸爸走散了，有见到的顾客请把孩子送到广播室，孩子的爸爸正在广播室等他。谢谢！"

我赶紧拽着孩子跟头趔趄地往广播室跑。

一进门，就看到了老徐——如丧考妣！

我喊了他一声，他一回头，看到我们娘儿俩，见了鬼一般惊叫一声,一把搂过孩子,生怕他飞了似的,又气又怜地说了句:"你跑到哪儿去了?"

儿子说:"我一直拉着你的衣服,后来一看,变成别人的衣服了,我就自己回家了。"

我俩听了,惊叹了又惊叹,后怕了又后怕。这个穿黑西服的4岁男孩,默默流着泪(后来承认的),手里拿着一张贴画,硬是七拐八拐,穿过一个杂乱的小区,穿过红男绿女,独自回到了两站地以外的家!

——能耐啊!

再说第二次丢孩子哈。

那是我儿子读初二那年,我们单位组织大家去南京旅游,规定可以带一名家属,于是我就带了儿子。

那日黄昏,在人山人海的夫子庙,导游晃着一面三角小旗引着我们走。大家一会儿在这个小店停停,一会儿在那个小摊儿看看。

突然间我一回头,发现儿子不见了!

我惊问几个同伴:"看见我儿子了吗?"大家都说没有看见。

我急疯了!向着人流一遍遍高呼儿子的名字!

——没有回应！没有回应！！还是没有回应！！！

导游焦急地说："怎么办？分头去找吧？"

我平复了一下自己的情绪，说："先不用，我回到我们分开的路口等他。"

凭着我对儿子的了解，我猜他发现与我走散之后一定不会到处乱闯，一定会回到我们分开的路口去找我的！

仿佛，我在那个路口站了一个世纪。

各种能把我碾成粉末的凶险猜想在我的脑海里飞快翻篇。我感觉自己快支撑不住了……

就在这时，我听到儿子在我身后叫了声"妈"！

我回转头，歇斯底里大叫："你跑哪儿去了？急死我了！"

儿子怯怯地说，他在一个地摊上看人家卖的东西，挺喜欢的，就忘了时间……

感谢那时还算清明的社会环境，我们丢了两回儿子都没真丢；也暗自庆幸我们夫妇俩各丢了一次孩子，打了个平手，省得丢的被不丢的活活骂死！

不过，我必须告诉你，丢孩子的后遗症实在太严重了!时至今日,我还会梦到夫子庙攒动的人头以及我骇绝的呼唤,醒来,一身冷汗。

你知道我儿子是如何评价他粗心的爹娘弄丢他这事的吗?他写道:"今天看来,虽然我还是很难体会他们当时的那种焦灼与担忧,甚至恐惧,但我分明感受到了他们对我深深的爱。我曾这样从他们身边走丢过,但是,在我的人生道路上,因为有他们的陪伴和指引,我从来都没有迷失过。"

——欧耶!

(本文选自《花香拦路:张丽钧自选集》,甘肃人民出版社2021年7月出版)

PART 2
我们拿什么送给孩子

世上还有多少可让孩子自由描绘、
怎么想象都不过分的前景呢

教育的背景

夏丏尊

没有背景的艺术不能叫做艺术。
没有背景的教育也不能叫做教育。

不论绘画戏剧小说，凡是一种艺术，大概都应当有背景。背景就是将事物的情况烘托显现出来，叫人不但看见事物，并且在事物以外，受着别种感动刺激的一种周围的景象。事物的好坏，不是单独可以判定的，必须摆入一种背景的当中，方才可以认得它的真相，了解它的意义。所以在艺术上，这个背景很有重要的位置。

中国人一向不大讲究背景：画地是白的。戏剧里面的开门关门，光是用手装一个样子；车子只有两扇旗子，骑马也只有一支马鞭就算了。近来虽已经加了布景，但是不管戏情，用来用去，总是这几种老样式，也可算不讲究背景的证据了。至于古来的诗词,却颇多用背景的。用了背景,就添出许多的情趣。譬如"风萧萧兮易水寒,壮士一去兮不复还",这可算得最悲壮的文字了。但是离开了第一句,便失却它悲壮的意味,因为第一句就是第二句的背景的缘故。其余如"暝色入高楼,有人楼上愁","落日照大旗,马鸣风萧萧"等许多好文章,也都可以用这个道理来说明它的好处。

从此看来,背景差不多可算艺术的生命了。教育从一种意说也是一种艺术,主张这一说的人近来很多。就是当初将教育组成为一种科学的海尔把尔脱[1]也有这个意见:也应当有背景。没有背景的艺术不能叫做艺术。没有背景的教育也不能叫做教育。

什么叫做教育的背景?这个问题可分几层解释。

第一,我们所行的教育是人的教育,当然应当用人来做背景。人究竟是个什么?这原是最古的疑问,到现在还没有十分解决。原来人有两种方面:一种是动物的方面,就是肉的方面;一种是理性的方面,就是灵的方面。古今东西的哲人都从这两方面来解释人。

---

[1] 今译"赫尔巴特"。赫尔巴特(1776—1841),德国哲学家、心理学家和教育家。——编者注

因为注重的地方不同，就生出种种的意见来了。西洋史上显然有这两个潮流：希腊及罗马初期的人注重肉的方面，基督教徒注重灵的方面，就是前一潮流的反动。这两种主张彼此冲突，结果就变了宗教战争。文艺复兴以后到十九世纪，就是主肉主义全盛的时代，近来学者大概主张灵肉一致了。这个灵肉一致，在我们中国却是已经有过的思想，孔子所谓"从心所欲不逾矩"，就是灵肉一致的状态。

这个人字的解释将来不知还要如何变迁，现在的理想大概是灵肉一致了。所以我们看人不可看得太高，也不可看得太低。进化论一派的学者说人不过为生物的一种，这样看人未免太低。但是用一般所说的人为万物之灵、可以支配一切的看法来看人，也未免看得太高。这两种都不是人的真相。人原本是两面兼有的，一面有肉欲的本能，一面还有理性的本能；一面有利己的倾向，一面还有利他的倾向；一面有服从的运命，一面还有自由的要求。这两方面使他调和一致，不生冲突，这就是近代人的理想。近代伦理学上主张自我实现，教育上主张调和发达，也无非想满足这个要求。

"不管学生将来入何等职业,先使他成功一个人。"卢骚[1]这句话说在百年以前,到现在还是真理。现在普通教育中所列的科目,都是养成人的材料,不是教育之目的物,也不是学问。地理是从面的方面解释人生的,历史是从直的方面解释人生的,数学是锻炼人的头脑的,理科是说明人的周围及人与自然界之关系的,语言文字是了解人与人的思想的,体操是锻炼人的身体意志的,其他像手工农业等,虽似乎有点带着职业的色彩,但是在普通教育中,仍是注重陶冶品性的一面。总之,现在普通教育上所列的科目,除了以人为背景以外,完全是毫无意义的。若当作教育之目的物看,当作学问看,那就大错了。

我们中国办学已经二十年光景,这个道理好像大家还没有了解。社会上大概批评学校里的课程无用。有几种父兄竟要求学校说:"我的子弟只要叫他学些国文算学。体操手工没有什么用场,不必叫他学。"普通学校里的学生也有专欢喜国文的,也有专欢喜数学的,也有专欢喜史地的。遇着洒扫劳动的作业,大

---

[1] 今译"卢梭"。——编者注

家就都不耐烦。这种都是将材料当做目的物看，当做学问看，不当它养成人的方便看的缘故。不但社会和学生不晓得这个道理，就是教育者，不晓得这个道理的也很多。现在大多的教育者，无非将体操当做体操教，将算术当做算术教，将手工当做手工教罢了。

课程自课程，人自人，这种无背景的教育，就是再办几十年也没有什么效果。所以教育上第一件是要以人为背景。

人是教育第一种的背景了。无论何物，不能离开空间与时间的两大关系，这个空间时间，在人就是境遇和时代了。不论英雄豪杰，都逃不了境遇和时代的支配。印度地处热带，山川动植物皆极伟大，自然界恍如扑倒人生，所以有佛教思想。中欧气候温和，山川柔媚，所以有自由思想。批评家看见绘画诗文，就是无名的，也能大略辨别它是哪代的制作，这都是人不能离开境遇和时代的证据。所以教育上，第二应当以境遇和时代为背景。

从前斯巴达以战争立国，奖励敏捷，教育上至提倡盗窃。这虽是已甚的例，足见时代和境遇所要求的知识，才是有用的知识。现在是何等时代，我们现在是何等境遇，这都是教育家所应当考求的问题。教育家虽然不能促进时代、改良境遇，断不可违背大势而误人子弟。已经这个时候了，还要去讲《春秋》的大义，冕旒的制度，教人读《李斯论》、《封建论》的文章，出《岳飞论》、《始皇论》的题目，学少林、天台派的拳棒，使学生变成半三不四的人物，学了几年，一切现在的制度，生活上应有的常识，仍旧茫然。这不是现在教育界的罪恶么？八股时代有一句讥诮读书人的话，说道"八股通世故不通"，现在的教育界能逃避这个讥诮么？

一国有一国的历史，自然不能样样模仿他人，但是一般的趋势，也应该张开眼来看看。一味的保守因袭，便有不合时宜、阻止进步的流弊。旧材料并非不可用，就是用这个材料的态度，很宜注意。一切历史上事实，无非人文进化的过程。这个过程，并无可宝贵的价值。若用了这些材料来说明现在的文化的来历，使人了解所以有新文化的道理和新文化的价值，自然是应该的事。若食古不化，拘泥了这个过程，这就是于现在生活无关系的用法，这种教育就是无背景的教育了。时势既到了今，不能再回到古去。历史上虽然也有复活的事实，但所谓复活者，并不是与前次一式一样，毫无变易的。譬如以前衣服流行大的，后来流行小的，近来又渐渐地流行大的了。近来的大的与以前的大的，究竟式样不同，以前的大，却不失为现在的大的过程。但若是要想拿来混充新的，这是万不能够的事。现在教育家只求博古，不屑通今，所以教育界中完全是尊古卑今的状态。十几岁的学生一动着笔便是古者如何，今则如何，居然也有"江河日下，世风不古"的一种遗老的口吻。这虽是他们思想枯窘聊以塞责的口头禅，也可算是教育不合时势的流毒了。所以要主张以境遇时代为教育的背景。

上面两种背景以外，还有第三种的背景，就是教育者的人格。现在的学校教育是学店的教育，教育者与被教育者的中间但有知识的授受，毫无人格上的接触；简直一句话，教育者是卖知识的人，被教育者是买知识的人罢了。机械的大家卖来卖去，试问这种知识有什么用处？真正的教育需完成被教育者的人格，知识不过人格一部分，不是人格的全体。现在学校教育何尝无管理训练，但是这个管理训练与教授绝对的无关系。教育者大概平日只负教授的责任，遇着管理训练的时候，便带起一副假面具，与平时绝对成两样的态度了。这种管理训练除了以记过除名为后盾以外，完全不能发生效力。而且愈发生效力，结果愈不好，因为于人格无关系的缘故。

人格恰如一种魔力，从人格发出来的行动，自然使人受着强大的感化。同是一句话，因说话者人格的不同，效力亦往往不同。这就是有人格的背景与否的分别。空城计只好让诸葛亮摆的，换了别个便失败了；诸葛亮也只好摆一次的，摆第二次便不灵了。

"以言教者讼，以身教者从"，教育者必须有相当的人格，被教育者方能心悦诚服。只靠规则是靠不住的。我说这句话的意思，并不是凡是教育者必须贤人圣人。理想的人物本是不可多得的，我并不要求教育者皆有完美之人格。原来学校所行的教育，都不过是一种端绪，一切教科，无非是基本的事项，不是全体。所以教育者于人格方面，也只求能表示基本的端绪够了。这个人格的基本端绪，比了教科的基本端绪成就虽难，但是不能说这是无理的要求。

这三种是教育的背景，教育离开了这三种，就无意义。试问现在的教育用什么做背景？有没有背景？

（本文原载1919年4月、6月《教育潮》第1卷第1期、第2期）

儿童与音乐

丰子恺

我惊叹音乐与儿童关系之大。
音乐能永远保住人的童心。
而和平之神与幸福之神,
只降临于天真烂漫的童心所存在的世间。

儿童时代所唱的歌,最不容易忘记。而且长大后重理旧曲,最容易收复儿时的心。

我总算是健忘的人,但儿时所唱的歌一曲也没有忘记。我儿时所唱的歌,大部分是光绪末年商务出版的沈心工编的小学唱歌。这种书现在早已绝版,流传于世的也大不容易找求。但有不少页清楚地印刷在我的脑中,不能磨灭。我每逢听到一个主三和弦(do,mi,sol)继续响出,心中便会想起儿时所唱的《春游》歌来。

云淡风轻,微雨初晴,假期恰遇良辰。

既栉我发，既整我襟，出游以写幽情。
绿荫为盖，芳草为茵，此间空气清新。

（下略）

现在我重唱这旧曲时只要把眼睛一闭，当时和我一同唱歌的许多小伴侣的姿态便会一齐显现出来：在阡陌之间，携着手踏着脚大家挺直嗓子，仰天高歌。有时我唱到某一句，鼻子里竟会闻到一阵油菜花的香气，无论是在秋天、冬天，或是在都会中的房间里。所以我无论何等寂寞，何等烦恼，何等忧惧，何等消沉的时候，只要一唱儿时的歌，便有儿时的心出来抚慰我，鼓励我，解除我的寂寞，烦恼，忧惧和消沉，使我回复儿时的健全。

又如这三个音的节奏形式一变，便会在我心中唤起另一曲《励学》歌来（因为这曲的旋律也是以主三和弦的三个音开始的）。

黑奴红种相继尽，唯我黄人酣未醒。
亚东大陆将沉没，一曲歌成君且听。

人生为学须及时，艳李秾桃百日姿。

（下略）

我们学唱歌，正在清朝末年，四方多难，人心乱动的时候。先生费了半个小时来和我们解说歌词的意义。慷慨激昂地说，中国政治何等腐败，人民何等愚弱，你们倘不再努力用功，不久一定要同黑奴红种一样。先生讲时声色俱厉，眼睛里几乎掉下泪来。我听了十分感动，方知道自己何等不幸，生在这样危殆的祖国里。我唱到"亚东大陆将沉没"一句，惊心胆跳，觉得脚底下这块土地真个要沉下去似的。

所以我现在每逢唱到这歌，无论在何等逸乐，何等放荡，何等昏迷，何等冥顽的时候，也会警惕起来，振作起来，体验到儿时的纯正热烈的爱国的心情。

每一曲歌，都能唤起我儿时的某一种心情。记述起来，不胜其烦。诗人云："瓶花妥帖炉烟定，觅我童心二十年。"我不须瓶花炉烟，只消把儿时所唱的许多歌温习一遍，二十五年前的童心可以全部觅得回来了。

这恐怕不是我一人的特殊情形。因为讲起此事，每每有人真心地表示同感。儿时的同学们同感尤深，有的听我唱了某曲歌，能历历地说出当时唱歌教室里的情况来，使满座的人神往于美丽的憧憬中。这原是为了音乐感人的力至深至大的原故。回想起来，用音乐感动人心的故事，古今东西的童话传说中所见不可胜计，爱看童话的小朋友们，大概都会讲出一两个来的吧。

因此我惊叹音乐与儿童关系之大。大人们弄音乐，不过一时鉴赏音乐的美，好像喝一杯美酒，以求一时的陶醉。儿童的唱歌，则全心没入于其中，而终身服膺勿失。我想，安得无数优美健全的歌曲，交付与无数素养丰足的音乐教师，使他传授给普天下无数天真烂漫的童男童女？假如能够这样，次代的世间一定比现在和平幸福得多。因为音乐能永远保住人的童心。而和平之神与幸福之神，只降临于天真烂漫的童心所存在的世间。失了童心的世间，诈伪险恶的社会里,和平之神与幸福之神连影踪也不会留存的。

(本文写于1932年9月,为《晨报》作)

救救孩子

曹聚仁

救救当今中国的小孩子。

友人传言：××大学某教授说："国文不读《古文观止》，还有什么书可读？"他真率真得可以，不怕别人笑他连《古文辞类纂》《昭明文选》都没见过，又有广州某教授出了一个《诸葛亮论》的试题，学生请他换个近代一点的；他道："国文就不摩登，摩登就非国文。"他更胆大得可以，什么定义，本店自造，不怕笑脱别人下巴。

今天看见《申报》教育栏，记载上海市党部举行小学生爱国演说竞赛消息，那些小学生的讲题，有的是《小学生应有的救国准备》，有的是《读书为救国，救国要读书》，有的是《怎样抗日救国》，还有一个是《中华民族的生路》，没有一个不是董仲舒应诏对策"滔滔不绝"上万言书。我敢保险这几位小朋友，不久进了中学，再应诏对策，做《中学生应有的救国准备》《读书为救国，救国要读书》的策论；再过几年，进了大学，一定还以《中华民族的生路》做博士论文，小学生讲的这几句话，中学生讲的这几句话，大学毕业讲的还是这几句话。此之谓连环性，此之谓理论的体系。前天我看见一本大学女生的国文卷，开头还是"求木之长者"；我问她："你在小学，是不是这样开场的？"她点头说"是"。我想她在小学时代，必蒙老师青睐，在"求木之长者"这一段上面加过密圈的。国内中学每有国文课，常请有胡子能哼旧文章的老先生担任，女学校尤甚。因此代圣人立言之八股文虽废，继八股文而来的洋八股、党八股滚滚不绝，有"国文不读《古文观止》便没书可读"的大学教授，乃有"国文必读《古文观止》"的中学国文教员，乃有终身"求木之长者"的学生。若说这样读书，可以救国，真是缘木求鱼，可以得鱼了。

现在顶要紧的，还是套那金娇美的演讲题："救救当今中国的小孩子。"

（本文选自《曹聚仁杂文集》，三联书店1994年10月出版）

只要你能坚强，
我就一辈子放了心

傅 雷

成就的大小、高低，
是不在我们掌握之内的，
一半靠人力，一半靠天赋，
但只要坚强，
就不怕失败，不怕挫折，不怕打击……

亲爱的孩子：元旦一手扶杖，一手搭在妈妈肩上，试了半步，勉强可走，这两日也就半坐半卧。但和残废一样，事事要人服侍，单独还是一步行不得。大概再要养息一星期方能照常。

早预算新年中必可接到你的信，我们都当做等待什么礼物一般的等着。果然昨天早上收到你（波10[①]）来信，而且是多少可喜的消息。孩子！要是我们在会场上，一定会禁不住涕泗横流的。世界上最高的最纯洁的欢乐，莫过于欣赏艺术，更莫过于欣赏自己的孩子的手和心传达出来的艺术！其次，我们也因为你替

[①] 身在波兰的傅聪来信编号。——编者注

祖国增光而快乐！更因为你能借音乐而使多少人欢笑而快乐！想到你将来一定有更大的成就，没有止境的进步，为更多的人更广大的群众服务，鼓舞他们的心情，抚慰他们的创痛，我们真是心都要跳出来了！能够把不朽的大师的不朽的作品发扬光大，传布到地球上每一个角落去，真是多神圣、多光荣的使命！孩子，你太幸福了，天待你太厚了。我更高兴的更安慰的是：多少过分的谀词与夸奖，都没有使你丧失自知之明，众人的掌声、拥抱，名流的赞美，都没有减少你对艺术的谦卑！总算我的教育没有白费，你二十年的折磨没有白受！你能坚强（不为胜利冲昏了头脑是坚强的最好的证据），只要你能坚强，我就一辈子放了心！成就的大小、高低，是不在我们掌握之内的，一半靠人力，一半靠天赋，但只要坚强，就不怕失败，不怕挫折，不怕打击——不管是人事上的，生活上的，技术上的，学习上的打击；从此以后你可以孤军奋斗了。何况事实上有多少良师益友在周围帮助你，扶掖你。还加上古今的名著，时时刻刻给你精神上的养料！孩子，从今以后，你永远不会孤独的了，即使孤独也不怕的了!

赤子之心这句话,我也一直记住的。赤子便是不知道孤独的。赤子孤独了,会创造一个世界,创造许多心灵的朋友!永远保持赤子之心,到老也不会落伍,永远能够与普天下的赤子之心相接相契相抱!你那位朋友说得不错,艺术表现的动人,一定是从心灵的纯洁来的!不是纯洁到像明镜一般,怎能体会到前人的心灵?怎能打动听众的心灵?

斯曼齐安卡[①]说的萧邦协奏曲的话,使我想起前二信你说 Richter(李赫特)[②]弹柴可夫斯基的协奏曲的话。一切真实的成就,必有人真正的赏识。

音乐院院长说你的演奏像流水,像河;更令我想到克利斯朵夫的象征。天舅舅说你小时候常以克利斯朵夫自命;而你的个性居然和罗曼·罗兰的理想有些相像了。河,莱茵,江声浩荡……钟声复起,天已黎明……中国正到了"复旦"的黎明时期,但愿你做中国的——新中国的——钟声,响遍世界,响遍每个人

---

① 波兰著名钢琴家。——编者注
② 20世纪最伟大的钢琴大师之一。——编者注

的心！滔滔不竭的流水，流到每个人的心坎里去，把大家都带着，跟你一块到无边无岸的音响的海洋中去吧！名闻世界的扬子江与黄河，比莱茵的气势还要大呢！……黄河之水天上来，奔流到海不复回！……无边落木萧萧下，不尽长江滚滚来！……有这种诗人灵魂的传统的民族，应该有气吞牛斗的表现才对。

你说常在矛盾与快乐之中，但我相信艺术家没有矛盾不会进步，不会演变，不会深入。有矛盾正是生机蓬勃的明证。眼前你感到的还不过是技巧与理想的矛盾，将来你还有反复不已更大的矛盾呢：形式与内容的枘凿，自己内心的许许多多不可预料的矛盾，都在前途等着你。别担心，解决一个矛盾，便是前进一步！矛盾是解决不完的，所以艺术没有止境，没有 perfect（完美，十全十美）的一天，人生也没有 perfect 的一天！惟其如此，才需要我们日以继夜，终生的追求、苦练；要不然大家做了羲皇上人，垂手而天下治，做人也太腻了！

（本文系傅雷1955年1月写给儿子傅聪的家信）

我们拿什么送给孩子

王开岭

如果一个孩子在7岁时知道了什么是美,
他就会用一生去寻找美!

大地的礼物

丹麦日德兰半岛的一个山谷里，住着一位林务员和他7岁的女儿。这本是一个幸福之家，可自从年轻的主妇去世后，笑声便失踪了。

这年夏天，汉斯·安徒生来这儿度假。很快，小女孩的黯然，那双漂亮眸子里过早闪烁的忧郁，深深刺疼了诗人。他痛苦不安，为命运的残酷而伤感，甚至自责："原谅生活吧，亲爱的孩子，我们没能把足够的欢乐和幸福交给你……"

一天，他在林子里散步，发现草地上有许多蘑菇，不禁心中一动。翌日，诗人邀请自己的小朋友去那片树林。突然，女孩尖叫起来，兴奋得脸通红，因为每簇蘑菇下都藏着一件奇妙的小玩意儿：一颗银纸包的糖、一朵蜡花、一条缎带……红枣不见了，大概给乌鸦叼走了吧，诗人心想。他微笑地看着这一切，女孩欢快得像一只小鸟，蹦蹦跳跳，眼里燃着惊喜……诗人骄傲地宣布：这些都是"地精"爷爷藏在那儿的，是他送给每个善良人的礼物，你获得了，因为你是个好孩子啊！

后来，在一辆夜驿车上，安徒生给旅客说起了这桩往事。"您欺骗了天真的孩子。"穿黑袍的神父气愤道，"这是大罪孽！"诗人也激动了："不，这不是欺骗！我坚信，无论任何时候，她的心都绝不会像没经历过此事的人那样冷酷无情！"

不错，这正是童话的价值和美德。

它将善良、温情、爱意、公正、信任等种种美好的元素和生活逻辑，将我们不慎迷失的东西重新找回来，对命运的缺憾和心灵的亏损施以弥补。它尤其告诉孩子们：什么是美？活着为了什么？美好的人生应该有什么？如何发现、壮大自己的梦想？……

有教育家说过：如果一个孩子在 7 岁时知道了什么是美，他就会用一生去寻找美！

许多年后，一位风烛残年的老人重新回到那片草地上。

他没能再见到那个小女孩。但他确信，她一定是位美丽的姑娘。

当他蹒跚着低头找什么时，一个小丫头不知从哪里冒了出来，她好奇地眨着眼，柔声问：

"老爷爷，您丢失了什么？我可以帮您找回来吗？"

老人的眼睛湿了。

没什么比这更能抚慰一颗孤独的心了。在这个天真的新人身上，他已找到了要找的东西：快乐、自由、善良和美。

森林被杀害，童话被杀害

森林，这大地最美丽的皮肤。

它既是人类童话的策源地，也是人类童年最亲密的襁褓和摇篮。就诗意和童趣而言，再没有比森林更富饶的大仓库了。

父母、老师能给孩子的最好惊喜，就是带之去拜访一片很大的林子，到参天大树中间去，到野菇、山雀、鸣蝉、小溪、浆果、松鼠、蒲公英、啄木鸟的营地里去，指认那些事物的名字，告之关于洞穴、树精、怪石和动物的传说……

几乎所有的童话都离不开森林，几乎所有人性的灿烂想象、美德传奇都是在树林里发生的。有诗人说得好："树是一种幸福的意象。"可以说，包括人类在内的所有生物的命运，都与树的遭际有关。

不知从何时起，森林已缓缓退出了童年生活的视野，大地不再被绿色覆盖，刺眼的沙丘沦为大自然的尸布。就连我这代人，阅读半世纪前的文学时，对其自然描述都不胜惊讶，那些草木鸟虫的名称大部分我是不熟的，甚至闻所未闻。无疑，曾经再寻常不过的它们，已被滞留在了历史记忆中，成了自然馆的档案。未来的孩子，只能在封闭的展厅里，面对僵硬的标本，遥想逝去的年代了。

那部蝉林幽泉、莺飞草长的经典风光，已悲愤地与人决裂。

还有教育的失败。成人教育者对诗意和美感的无知，数理的枯燥，分值的粗暴，厚黑心术对纯真的篡改，利益式教唆对童心的扭曲……

现代社会，像安徒生那样的成年人，再也找不到了。

物质繁荣以大规模吞噬资源为代价，教育也随之变成了产品消费指南——远离自然物语和生命美学。不错，表面上"童话"越来越多，"卡通"越来越绚烂，但定睛便发现，它们中已闻不见草地的湿润、野卉的芬芳，更不见呦呦鹿鸣……代之的，是马达的轰鸣、游戏币的诱惑、火箭的呼啸、战争的模拟、科技恐龙和外星人……对大自然来说，比受冷遇更悲哀的是：正因缺少了画外参照——外界已找不到本色的自然物象，才注定了它画内的缺席！即使现代卡通模拟出了大自然的诗情画意，孩子们也会错愕：真的吗？

现代童话就像脱水的河床、榨干的池塘，干涸得厉害，皲裂得厉害。森林的毁灭，是否意味着人类"童话时代"的终结？上帝赋予人类童年最晶莹的礼物，就这样被现代化的狼烟吞噬掉了？

儿童的想象力已不再寄予大自然，其感官和画笔已不再投放在湖泊、花草、动物身上，这是多么可叹的事。要知道，孩子的肢体与心灵应是和自然最亲近的，大自然应是儿童最优美的老师、最健康的乳娘，除了教之生动的常识，还教之善良、诚实、慷慨、勇敢和一切美的天性。

20世纪，神被杀害，童话被杀害。

最醒目的标志即人对大自然不再虔敬，不再怀有感激之心。从某种意义上说，这是一个丢失美好元素最多的世纪。战乱、血腥、种族倾轧、恶性政治、生态破坏、恐怖主义、物种灭绝、机器威力的扩张……一切都在显示，20世纪是一个财富和权力的欲望世纪，一个仅供成年人生存与游戏的世纪。

"现代化",更是一个旨在表现成人属性和规则的概念,它在本质上忽视儿童。

童话、诗歌、音乐、宗教……这些曾与生命结合得那么紧密的事物,在数字工具面前,在物欲时代面前,都褪去了昔日的光芒,丧失了影响世界的能力。

20世纪的成人,乃最自私的成人。

当捕鲸船把海洋变成了血泊,当最后一只翠鸟被从天空中掠走,当最后一件雪豹的衣服被人披在肩上,当最后一匹逃亡的犀牛在沼泽里奄奄一息……我们还有多少献给童话的东西?我们还有多少能让孩子大声朗笑的礼物?

童话是伟大的。其伟大即在于:它让每个孩子都相信每个梦想都可成真!

格林童话《青蛙王子和铁亨利》开篇道:"在那个梦想尚可以变成现实的古代……"

啊,古代,古代(这个词的美学含量竟超过了"未来")。一个通体诗意的句子竟如此令人伤感,甚至绝望。是啊,这个世上还有多少可按古老逻辑和法则自由转换的梦与现实呢?还有多少可让孩子自由描绘、怎么想象都不过分的前景呢?

什么巫术让"古代"和"现代"变得势不两立?

(本文写于2003年,选自王开岭著《精神自治》,书海出版社2011年11月出版)

等我长大了

王开林

我喜欢陪你长大,
帮你长大,
而不是等你长大。

孩子有口头禅不是什么坏事情，父母没必要大惊小怪。

六岁前，我女儿的口头禅是"等一会儿"。早晨，我要她吃早点，上幼儿园，她赖床不起，用"等一会儿"来搪塞我。在小区的游乐场，她荡秋千，玩沙子，兴致很高，我叫她回家，她用"等一会儿"来敷衍我。在书店，她看小人书，过了吃饭的时间，我说走吧，人是铁，饭是钢，她用"等一会儿"来恳求我。全家去外地旅游，她不喜欢在景区留影，我给她拍照，她就故意扮鬼脸，要她好好配合，她用"等一会儿"来婉拒我。"等一会儿"既是她的口头禅，也是她的挡箭牌，能挡一刻是一刻，能挡一分是一分。她的拖延战术比足球比赛中守门员的拖延战术（故意缓踢球门球）要实用得多。

有一次，电视台直播选美比赛，女儿看得津津有味。主办方颁发单项奖时，我调侃她："你也应该获得一个奖啊！"她毫不谦虚地说："我可以获得'最佳小观众奖'。"我摇摇头，告诉她："还有一个奖项，比'最上镜小姐奖'强多了，可以与冠军媲美，是'等一会儿小姐奖'！"女儿闻言，立刻从沙发上跳起来，要用她的小手拧我的耳朵，她有些日子没剪指甲了，我赶紧夺路而逃。

六岁之后，女儿渐渐懂事，她的口头禅由"等一会儿"换成了"等我长大了"，有事没事总爱说。她的想法无厘头，罗列起来，主要有这样一些："等我长大了，我要做个画家，到处写生，到处旅游。""等我长大了，我要去法国巴黎留学，专学时装设计。""等我长大了，我要成为职业网球选手，就怕个子长不了莎拉波娃那么高。""等我长大了，我要写几部长篇小说，比罗琳的更畅销。""等我长大了，我要……"

总之,美好的憧憬串串烧。于是我就因势利导,要她好好读书,日积月累,功到自然成。

有一天,女儿做完一大堆作业后感叹道:"等我长大了,我要吃遍天下美食,看遍天下美景。老爸,你说,要实现这个理想,活五百岁够不够?"我被她的话逗乐了,当即回应道:"一百岁就老掉牙了,何必五百岁这么浪费,你做事要是能够保持高效率,一天可当别人七天使,那你用七十年畅游天下,就等于用足了五百年,所有的美食和美景全都可以打包带回家。"女儿不傻,她察觉我的话绵里藏针,在批评她做事效率低下,就说:"等我长大了,最幸福的事情就是不用再听老爸变着法子说教了!"不说教也行,我给她讲故事。

奥地利公主玛丽·安托瓦内特是法国国王路易十六的王后,法国大革命期间,死于断头台。临刑时,她不慎踩到了刽子手的脚背,她马上道歉,即使是在恐怖至极的血腥氛围中,她那声"对不起,我不是故意的"仍令闻者为之动容。与玛丽王后有关的传说非常多,真假莫辨。有个传说是这样的,玛丽王后听说国内发生饥荒，穷人吃不到面包，她就询问侍从："他们为什么不改吃蛋糕呢？"这句话与晋惠帝的那句"何不食肉糜"有异曲同工之"妙"，但玛丽王后比晋惠帝的智商高得多，何至于脑残到这个地步？我怀疑这是编派的人存心黑她。别扯远了，回到我要讲的故事上来。小时候，玛丽在舍恩博隆宫见到音乐天才莫扎特，近距离欣赏过他演奏的钢琴曲。有一次，莫扎特不慎跌倒，玛丽伸手扶起他，六岁的神童对公主的善意充满感激，欣然向她许诺："你真好，等我长大了，一定娶你！"瞧见没有，莫扎特娴熟地使用了儿童版的公共口头禅"等我长大了"。玛丽莞尔一笑，没有应承，公主嫁给音乐家，此前尚无先例。等到莫扎特长大了，儿时的诺言无法践行，他迎娶的是少女康斯坦泽·韦伯，与风情万种、仪态万方的玛丽公主完全不是一个类型。莫扎特英年早逝，出殡那天大雪纷飞，妻子康斯坦泽姗姗来迟，连丈夫的墓地在哪儿都没弄清楚。如果莫扎特与玛丽真的能够结合，前者不会贫病而死，后者也不会血溅断头台，那倒确实是个双赢的局面，可惜这种假设完全无法成立。

孩子一定会长大，孩子的诸多愿望将在长大之后兑现或者落空，这是自然规律。小梦想家说得多做得少，怎么办？父母有必要告诉他（她）："我喜欢陪你长大，帮你长大，而不是等你长大。"怎么陪？怎么帮？各种角色父母都得分饰而胜任：朋友、玩伴、教练、导师、赞助人、营养师、观察员、评估员、情绪垃圾桶、故事篓子……

（本文原载《渤海早报》2014年12月8日）

给留美女儿的信

杨晓升

> 你是我和你妈妈今生唯一的孩子，
> 此生我们将所有的爱和希望
> 都寄托在你一个人身上……

女儿：

你好！谢谢你给我写了一封长信，比较全面地谈了你到美国后学习、生活等各方面的情况，以及你的寒假打算。正如你所言，用信件沟通，确实能更全面、理性地表述相互之间的想法。回想起来，自你出生以来，确实是你妈陪伴你的时候更多些。我因相对较忙，未能更多地腾出时间陪伴你一起玩耍，并以寓教于乐的方式对你起潜移默化的引导与影响；偶尔的交流也是短暂且不全面的，这造成了我与你交流上的障碍，有时还急于求成，缺少应有的耐心甚至发火。这是我这个做父亲的不足与缺陷，细想起来挺对不起你。所以，我非常赞同你提议的用通信的方式加强交流与沟通。

总体上看，我对你的品格和待人处事，以及人生观和世界观，基本是肯定和放心的。与许多同龄人相比，你心理健康、阳光、是非分明、性格温和、与人为善、乐于助人、做事认真、不人云亦云，有一定的进取心和责任心，有自己独立判断和思考问题的能力，等等，作为一个正常的普通人所应具备的素质与品格，你基本都具备了。但假如以做一个更优秀的人的标准来衡量，我觉得我们思考问题的层面应该更高些，维度会更多些。

首先在立志成才方面，作为你的父亲，我自然希望你有更加远大的理想和目标，不断挑战自我、超越自我，更优秀，更出色。而这恐怕不仅仅靠完成学业、将来找份工作就能实现，而是要通过学业和兴趣的自我选择与培养，提早制定未来的发展目标和发展方向，最大程度地发挥自己的兴趣与才能，才有可能干出一番优异的成绩。我始终认为，对你来说，将来找个饭碗并不难，难的是能否挖掘你的潜能，让你的人生更丰富、更精彩。人生苦短，芸芸众生，谁能够活得出彩并赢得社会尊重，谁将碌碌无为虚度一生，关键取决于自己。一般说来，目标越高，对自身的要求越严；付出的努力越多，最终收获也就越多。记得我年轻的时候，苏联作家奥斯特洛夫斯基的著名小说《钢铁是怎样炼成的》中有一句名言警句："人最宝贵的是生命，生命对于每个人都只有一次。人的一生应当这样度过：每当回忆往事，他不因虚度年华而悔恨，也不因碌碌无为而羞耻；临死的时候，他能够说：'我的整个生命和全部精力，都已经献给了世界上最壮丽的事业——为人类的解放而斗争。'"虽然这句名言有一定的局限性，比如如今的我们当然不会将"为人类的解放而斗争"作为个人的奋斗目标，但这句名言，充分表达了作者对生命意义的探索和追求，至今也一直激励着我。我始终认为，人活着必须有自己明确的人生追求，必须尽可能为自己、家庭和社会多做些事情，在这种追求中不断充实自己、完善自己并获得成绩与快乐。虽然我至今尚未取得自己预想中应有的更大业绩，但感觉自己一直奋斗在路上，自己一直带着使命感活着。可以说，自我感觉目前的工作和生命状态还不错，充实、愉快，并不断地小有成果，我边工作边写作，因为工作太忙，更多的写作成果可能会在我退休之后。照此计划发展并靠着自己不懈的努力，我相信自己的未来会更美好，也会更有业绩。

当然，社会环境和人的经历是不一样的，我从小是从困难和相对贫穷的家庭中长大的；正因如此，我可能更加珍惜今天来之不易的生活和生命，也一直带着使命感活着，永远奋斗在路上。你也知道，物质上我从来没有更多的追求和要求，因为相对于物质追求而言，精神追求能带给人更多的快乐与永恒。在我看来，衣食住行能基本满足就够了，不愁吃、不愁穿、不愁住足矣，我更看重的是个人兴趣和价值的发挥与体现，以及精神上的愉悦与充实。我说这些，并非要你全盘承认并照搬我的人生模式，我只不过想为你提供一种人生参照。总的想法是，在未来的人生道路上，你比我和你妈妈具备更加优越的条件和优势，所以有理由设置更高的目标与追求，无论最终目标能否达到或获得多少，努力与奋斗理应伴随终身。"人生无悔"有理由成为你最基本的奋斗目标吧？

如果上述的人生理论你能够基本认可，那么目前作为学生的你，当然应该将更多的时间和精力放在学习上。在我看来，大学及研究生阶段，听课和作业仅仅是每一个学生学业中的一个组成部分，而非全部，不要将自己知识、能力和才干的积累全寄希望于学校和老师的给予，而应该更多地靠自己大量的阅读与实践去获取。其实，我特别希望你能充分利用假期去阅读一些平时没有时间阅读的课外书籍，人的差别其实往往就在时间的有效安排和利用上。想当初学生时代，每到假期，我想得更多的是如何利用假期的时间，多找些课外书来看，尽可能扩大自己的视野，尽可能加强自己的知识储备。我当初在大学是学生物的，如今却能够从事自己所喜爱的文学，就是从当初的这种阅读中获益。我始终认为，一个人想要与众不同，比别人活得更出色一点，使自己的人生更精彩，随波逐流是不行的，肯定须比别人更加耐得住寂寞并承受更多的寂寞，也肯定须比别人有更多的努力与付出。当然，我并不是反对旅游，如果有合适的伙伴，在保证安全的前提下，我也赞同并支持你在美国留学期间争取更多的机会看看外面的世界，因为旅游是增长知识和阅历的另一种方式。但是，我还是觉得一定要专程跑到新加坡不太妥当。

我并不反对你同现任男友的交往，但我还是觉得你不远万里跨越大洋去会男友不是很合适。因为暑假你们刚刚一起出外旅游，这样的时间间隔不算长吧？首先，现在通信技术很发达，你们可以天天视频，无形之中已经拉近了空间上的距离，如果你们彼此真的投合，应该也不会因为少了这次跨越万里的旅游而影响到你们之间的感情吧？正如古人所说，"两情若是久长时，又岂在朝朝暮暮"。你说现如今，坐飞机在世界各地来往穿梭也不是什么大不了的事，话虽如此，但还是要看具体情况。要知道每个人的家境和经济状况都不一样，没有可比性。尽管我们家生活状况还可以，但是我和你妈毕竟只是普通的工薪阶层，对于你赴美留学，我们愿意尽己所能，倾尽全力；因为，你是我们的女儿，这关乎你的未来和前途。另外，我还想说的是，你周围的大多数同学、朋友家境都不错，也正因为如此，他们在花钱消费方面都很少考虑。但是，我也希望你能看到这个社会还有太多的人因为家里支付不起留学费用而失去了他们心中最大的梦想。（比如当初的王俊煜就是因此而放弃本来已经考上的美国名校的）那样一种无法实现的愿望该是怎样的痛呢？想必你也能体会到。

女儿，既然你已经长大，我也觉得可以坦率地和你说，尽管给你提供一次旅游的资金也不是完完全全拿不出，但是，我们还需要尽可能有一些积蓄供养年迈且身体有病的爷爷，还有奶奶和姥姥。我们肩负着对儿女的责任，同时也担负着赡养老人的义务，这对我们来说同等重要。除此之外，我们还要考虑未来其他一些可能意想不到的支出，所以，经济方面肯定也是我们考虑的一个因素。既然你已经逐渐长大成人，你是不是也应该站在家庭的角度考虑我们的家庭经济状况与付出的必要性？你说你的室友想让你开车外出旅游，我觉得你出于安全因素放弃选择是正确的，安全因素同样也是我们不得不考虑的问题。这一点你也许觉得没什么问题，但是做父母的在心理上就会有道坎儿，以后你会体会到。但你没说放弃之后室友寒假的打算，他们都回家或外出吗？学校就真的找不到别的同学可暂时做伴一块留校度假了？如果这个假期确实不愿意待在学校，你回家我也是欢迎的，但我还是不主张你再去新加坡或东南亚，毕竟旅游人山人海，出行不便，远游不易且隐藏不安全因素；而你们又只有两个人出游，万一有什么事都没人照应。再说，新加坡只有一个城市，可游览的内容很少，如去新加坡势必要去紧邻的马来西亚（这线路我去过）；而马来西亚最近严重排华，社会不安定，泰国等其他东南亚国家也时常会爆出旅客与当地导游的纠纷或治安问题。其实，如果你以后毕业在国内工作，去东南亚国家旅游是很容易的，报自费团平时也只需要几千元，何必赶在这个寒假短短的二十几天回家之后又长途跋涉前去那里旅游？

再说你的婚姻，如果你真就选定现任男友，确定投入多少时间和感情的确也都不为过。我也赞同你"选择终身伴侣没有好与不好，只有合适或不合适"的观点。但合适与不合适，或者合适与更合适的选择有个过程。我觉得你们之间除了趣味相投、互有好感（包括相貌上的），一定要多多考虑对方是否有责任心、事业心、进取心，特别是承受困难和压力及呵护家庭的能力。其实，像中国尊老爱幼、孝敬长辈等许多传统美德不仅仅是付出，也能给人带来心灵的安宁，不是吗？所有这些方面都需要时间来考量。由于目前你处在热恋阶段，通常讲，热恋往往会使当事人的智商处于零，会"一叶蔽目，不见泰山"，更多地只看到对方的优点和对方目前对你的好，你自然而然会在心理上排斥其他可能是不错的考察对象的接近。如此一来，你怎么可能再去考察其他或许是更加合适的人选呢？

  理论上讲，留美期间你肯定能接触更多的人，而且理应是更多优秀的同龄人；就如你上大学之前并不知道你会遇到现任男友一样。你现在赴美刚刚一两个月时间，就迫不及待跨洋越海去见仅仅离开不到两个月的男友，我还是担心你会"一叶蔽目，不见泰山"，有意无意之间将自己与新的校园生活隔绝起来、封闭起来。

  在感情和婚姻的问题上，我一向反对毫不负责任的杯水主义和喜新厌旧，但毕竟你同现任男友目前尚未确定终身，双方都还有选择的余地与机会。我这么说并非反对你同现任男友的接触，而只希望他仅仅是你的候选之一（当然对他也一样，而且他或许也有同样想法）。原本你们本科的时候已经历过热恋，现在各自到不同的国度留学，本来可以冷静一段时间，让情感沉淀一段时间，将更多精力和时间放在学业上，也以此检验对方的感情，这有利于你更加理性地对待情感的追求和未来的婚姻选择。不管怎么说，我们毕竟经历和阅历更丰富些，思考问题会更全面和理性。不能去新加坡对你来说肯定会不舒服，多多少少会影响你的情绪，但是，人生不可能事事如愿、事事满足，希望你能好好考虑一下。

　　说了这么多，无非是因为你是我和你妈妈今生唯一的孩子，此生我们将所有的爱和希望都寄托在你一个人身上，当然也愿意尽可能为你提供力所能及的学习和生活条件，当初我不希望你出国留学，除了经济上的考量，更主要的原因还是舍不得你远离我们。后来你坚持要出国，我二话没说也就同意了，这也完全是出于对你的爱，希望你未来能有更好的发展。但对于我们来说，恋爱与经济投入一样，既有值得和不值得的考量，也有时机的考量。目前我们不主张你去新加坡，同样是出于投入和时机的考量。

拉拉杂杂谈了这些，都是我的真实想法，我没要求你完全赞同或接受，仅供你参考，望你三思。

衷心祝愿你生活愉快，学习进步！

爸爸

2015 年 9 月 20 日星期日

（本文选自杨晓升著《人生的级别》，民主与建设出版社 2020 年 9 月出版）

不该让孩子们错过的

张丽钧

> 这么少见的转瞬即逝的美好事物,
> 不该让孩子们错过的呀。

那是一个暴雨过后的夏日，我独自走在校园有积水的甬路上。突然，教学楼上传来一阵不同寻常的喧哗。举目望去，看见初二年级3班的窗口探出了许多小脑袋。我想，现在正是上课的时间，这个班一定是在上自习，老师不在，这些孩子要闹翻天啦！但是，我很快就否定了自己的这一想法——因为，我居然在那些小脑袋中间发现了这个班班主任微秃的脑袋！看得出，这一群快活的师生正在饶有兴味地观察着什么。我好奇地循着他们的目光向西天望去，只见碧蓝的天空正捧出一条美丽的七色彩练——虹！是虹！下课后，我见到了这个班的班主任。我故意逗他说："你们班的学生太能闹了……"他激动得脸都红了,说:"是我要他们去看彩虹的,这么少见的转瞬即逝的美好事物,我觉得不该让孩子们错过的呀。"

这使我想到了另一个教授和他的学生。

教授是教建筑设计的。一天,他告诉学生们说要带他们去户外上一堂课。学生们纷纷揣测教授究竟要带他们到哪一处设计卓著的建筑面前去顶礼膜拜。可出人意料的是,教授竟然带领弟子们来到了一幢正待引爆的大厦面前。他语气沉重地告诉大家:"这座大厦因为在设计上出了一点小小的问题,所以不得不在竣工之前把它炸毁。我还想要你们知道:如果没有那一点小小的设计问题,它在竣工后很可能成为本市的标志性建筑。"一声巨响震落了建筑设计系学子们滚烫的泪水。教授知道,从今而后,他们每个人的耳畔都将回荡这一声巨响的袅袅余音。

——对一个心中盛满了爱与责任的教育工作者而言,他一定有过与学生共度某个铭心瞬间的美好渴望。他以为有一种错过简直就是过错。他不希望错过华彩的闪现,也不希望错过遗憾的叹息。他想和许多双眼睛共同追慕一段童话,他想和许多颗心灵一道叩问:我们究竟应该设计出一个怎样的世界……

(本文选自《花香拦路:张丽钧自选集》,甘肃人民出版社2021年7月出版)

PART 3
愿你前途似海，来日方长

愿你成长为一个心有所愿、
学有所长、事有所成的大人

对于学生的希望

蔡元培

在学校不能单靠教科书和教习,讲堂功课固然要紧,自动自习,随时注意自己发见求学的门径和学问的兴趣,更为要紧。

我于贵省学生界情形不甚熟悉，我所知者为北京学生界情形，各地想也大同小异。今天到此和诸君说话，便以所知之情形，加以推想，贡献诸君。

"五四"运动以来，全国学生界空气为之一变。许多新现象、新觉悟，都于"五四"以后发生，举其大者，共得四端。

一、自己尊重自己

吾国办学二十年，犹是从前的科举思想，熬上几个年头，得到文凭一纸，实是从前学生的普通目的。

自己的成绩好不好，毕业后中用不中用，一概不问。平日荒嬉既多，一临考试，或抄袭课本，或打听题目，或请划范围，目的只图敷衍，骗到一张证书而已，全不打算自己要做一个什么样人，自己和人类社会有何关系。"五四"以前之学生情形，恐怕有大多数是这样的。

"五四"以后不同了。原来"五四"运动也是社会的各方面酝酿出来的。政治太腐败，社会太龌龊，学生天良未泯，便忍耐不住了。蓄之已久，迸发一朝，于是乎有"五四"运动。从前的社会很看不起学生，自有此运动，社会便重视学生了。学生亦顿然了解自己的责任，知道自己在人类社会占何种位置，因而觉得自身应该尊重，于现在及将来应如何打算，一变前此荒嬉暴弃的习惯，而发生一种向前进取、开拓自己运命的心。

二、化孤独为共同

"各人自扫门前雪，不管他人瓦上霜"，是中国古人的座右铭,也就是从前学生界的座右铭。从前的好学生,于自己以外,大半是一概不管,纯守一种独善其身的主义。"五四"运动而后,自己与社会发生了交涉,同学彼此间也常须互助,知道单是自己好,单是自己有学问有思想不行,如想做事真要成功,目的真要达到,非将学问思想推及于自己以外的人不可。于是同志之联络,平民之讲演,社会各方面之诱掖指导,均为最切要的事,化孤独的生活为共同的生活,实是"五四"以后学生界的一个新觉悟。

三、对自己学问能力的切实了解

从前学生,对于自己的学问有用无用,自己的能力哪处是长、哪处是短,简直不甚了解,不及自觉。"五四"以后,自己经过了种种困难,于组织上、协同上、应付上,以自己的学问和能力向新旧社会做了一番试验,顿然觉悟到自己学问不够,能力有限。于是一改从前滞钝昏沉的习惯,变为随时留心、遇事注意的习惯了,家庭啦,社会啦,国家啦,世界啦,都变为充实自己学问、发展自己能力的材料。这种新觉悟，也是"五四"以后才有的。

四、有计划的运动

从前的学生，大半是没有主义的，也没有什么运动。"五四"以后，又经过各种失败，乃知集合多数人做事，是很不容易的，如何才可以不至失败，如何才可以得到各方面的同情，如何组织，如何计划，均非事先筹度不行。又知群众运动在某种时候虽属必要，但决不可轻动，不合时机，不经组织，没有计划的运动，必然做不成功。这种觉悟，也是到"五四"以后才有的。于此分五端的进行：

（一）自动的求学。在学校不能单靠教科书和教习，讲堂功课固然要紧，自动自习，随时注意自己发见求学的门径和学问的兴趣，更为要紧。

（二）自己管理自己的行为。学生对于社会，已经处于指导的地位。故自己的行为，必应好生管理。有些学生不喜教职员管理，自己却一意放纵，做出种种坏行。我意不要人家管理,能够自治是好的;不要管理,自便放纵,是不好的。管理规则、教室规则等,可以不要,但要能够自守秩序。总要办到不要规则而其收效仍如有规则时或且过之才好,平民主义不是不守秩序,罗素是主张自由最力的人,也说自由与秩序并不相妨。我意最好由学生自定规则,自己遵守。

(三)平等及劳动观念。朋友某君和我说:"学生倡言要与教职员平等,但其使令工役,横眼厉色,又俨然以主人自居,以奴隶待人。"我友之言,系指从前的学生,我意学生先要与工役及其他知识低于自己的人讲求平等,然后遇教职员之以不平等待己者,可以不答应他。近人盛倡勤工俭学,主张一边读书,一边做工。我意校中工作,可以学生自为。终日读书,于卫生上也有妨碍。凡吃饭不做事专门暴殄天物的人,是吾们所最反对的。脱尔斯太[①]主张泛劳动主义。他自制衣履,自作农工,反对太严格的分工,吾愿学生于此加以注意。

(四)注意美的享乐。近来学生多有为麻雀、扑

---

① 今译"托尔斯泰"。——编者注

克或阅恶劣小说等不正当之消遣,此固原因于其人之不悦学,尤以社会及学校无正当之消遣,为主要原因。甚有生趣索然,意兴无聊,因而自杀者。所以吾人急应提倡美育,使人生美化,使人的性灵寄托于美,而将忧患忘却。于学校中可实现者,如音乐、图画、旅行、游戏、演剧等,均可去做,以之代替不好的消遣。但切不要拘泥,只随人意兴所到,适情便可。如音乐一项,笛子、胡琴都可。大家看看文学书,唱唱诗歌,也可以悦性怡情。单独没有兴会,总要有几个人以上共同享乐,学校中要常有此种娱乐的组织。有此种组织,感情可以调和,同学间不好的意见和争执,也要少些了。人是感情的动物,感情要好好涵养之,使活泼而得生趣。

(五)社会服务。社会一般的知识程度不进,各种事业的设施,均感痛苦。"五四"以来,学生多组织平民学校,教失学的人以普通知识及职业,是一件极好的事。吾见北京每一校有二三百人者,有千人者,甚可乐观。国家办教育,人才与财力均难,平民学校不费特别的人才与财力,而可大收教育之效,故是一件很好的事。又有平民讲演，用讲演的形式与平民以知识，也是一件好事。又调查社会情形，甚为要紧。吾国没有统计，以致诸事无从根据计划，要讲平民主义，要有真正的群众运动，宜从各种细小的调查做起。此次北方旱灾，受饥之民，至三千多万。赈灾筹款，须求引起各方的同情，北京学生联合会乃思得一法，即调查各地灾状，用文字或照片描绘各种灾情，发表出来，借以引起同情。吾出京时，正值学生分组出发，十人一组。即此一宗，可见调查之关系重要。

我以上所讲，是普通的。最后对于湖南学生诸君，尚有二事，须特别说一说：

（一）学生参与教务会议问题。吾在京时，即听见人说湖南学生希望甚高，要求亦甚大，有欲参与学校教务会议之事。吾于学生自治，甚表赞同，惟参与教务会议，以为未可，其故因学校教职员对于校务是负专责的，是时时接洽的。若参入不接洽又不负责任的学生，必不免纷扰。北大学生也曾要求加入评议会，后告以难于办到的理由，他们亦遂中止了。

（二）废止考试问题。湖南学生有反对试验之事。

吾亦觉得试验有好多坏处。吾友汤尔和先生曾有文详论此事，主张废考，北大、高师学生运动废考甚力，吾对北大办法，则以要不要证书为准，不要证书者废止试验，要证书者仍须试验。

吾意学生对于教职员，不宜求全责备，只要教职员系诚心为学生好，学生总宜原谅他们。现在是青黄不接时代，很难得品学兼备的人才呵。吾只希望学生能有各方面的了解和觉悟，事事为有意识的有计划的进行，就好极了。

（本文系蔡元培1921年2月在湖南长沙发表的演说词）

为学与做人

梁启超

知育要教到人不惑，
情育要教到人不忧，
意育要教到人不惧。
教育家教学生，
应该以这三件为究竟；
我们自动的自己教育自己，
也应该以这三件为究竟。

PART 3 愿你前途似海，来日方长

诸君，我在南京讲学将近三个月了，这边苏州学界里头，有好几回写信邀我，可惜我在南京是天天有功课的，不能分身前来，今天到这里，能够和全城各校诸君聚在一堂，令我感激得很。但有一件，还要请诸君原谅，因为我一个月以来，都带着些病，勉强支持，今天不能作很长的讲演，恐怕有负诸君期望哩。

问诸君："为甚么进学校？"我想人人都会众口一辞的答道："为的是求学问。"再问："你为什么要求学问？你想学些什么？"恐怕各人的答案就很不相同，或者竟自答不出来了。诸君啊！我请替你们总答一句罢："为的是学做人。"你在学校里头学的什

么数学、几何、物理、化学、生理、心理、历史、地理、国文、英语,乃至什么哲学、文学、科学、政治、法律、经济、教育、农业、工业、商业等等,不过是做人所需要的一种手段,不能设专靠这些便达到做人的目的,任凭你把这些件件学得精通,你能够成个人不能?成个人,还是别问题。

人类心理有知、情、意三部分,这三部分圆满发达的状态,我们先哲名之为三达德——智、仁、勇。为什么叫做"达德"呢?因为这三件事是人类普通道德的标准,总要三件具备,才能成一个人。三件的完成状态怎么样呢?孔子说:"知者不惑,仁者不忧,勇者不惧。"所以教育应分为知育、情育、意育三方面。现在讲的智育、德育、体育不对,德育范围太笼统,体育范围太狭隘。知育要教到人不惑,情育要教到人不忧,意育要教到人不惧。教育家教学生,应该以这三件为究竟;我们自动的自己教育自己,也应该以这三件为究竟。

怎么样才能不惑呢?最要紧是养成我们的判断力。想要养成判断力:第一步,最少须有相当的常识;进一步，对于自己要做的事须有专门智识；再进一步，还要有遇事能断的智慧。假如一个人连常识都没有，听见打雷，说是雷公发威，看见月蚀，说是虾蟆贪嘴。那么，一定闹到什么事都没有主意，碰着一点疑难问题，就靠求神问卜、看相算命去解决，真所谓"大感不解"，成了最可怜的人了。学校里小学、中学所教，就是要人有了许多基本的常识，免得凡事都暗中摸索，但仅仅有这点常识还不够。我们做人，总要各有一件专门职业。这门职业，也并不是我一人破天荒去做，从前已经许多人做过，他们积了无数经验，发见出好些原理、原则，这就是专门学识。我打算做这项职业，就应该有这项专门学识。例如我想做农吗，怎样的改良土壤，怎样的改良种子，怎样的防御水旱病虫，等等，都是前人经验有得成为学识的。我们有了这种学识，应用他来处置这些事，自然会不惑，反是则惑了。做工、做商，等等，都各各有他的专门学识，也是如此。我想做财政家吗，何种租税可以生出何样结果，何种公债可以生出何样结果，等等，都是前人经验有得成为学识的。我们有了这种学识，应用他来处置这些事，自然会不惑，反是则惑了。教育家、军事家，等等，都各各有他的专门学识，也是如此。我们在高等以上学校所求的智识，就是这一类，但专靠这种常识和学识就够吗？还不能。宇宙和人生是活的，不是呆的，我们每日所碰见的事理是复杂的、变化的，不是单纯的、印板①的。倘若我们只是学过这一件才懂这一件，那么，碰着一件没有学过的事来到跟前，便手忙脚乱了。所以还要养成总体的智慧，才能得有根本的判断力。这种总体的智慧如何才能养成呢？第一件，要把我们向来粗浮的脑筋，着实磨练他，叫他变成细密而且踏实。那么，无论遇着如何繁难的事，我都可以彻头彻尾想清楚他的条理，自然不至于惑了。第二件，要把我们向来昏浊的脑筋，着实将养他，叫他变成清明。那么，一件事理到跟前，我才能很从容很莹澈的去判断他，自然不至于惑了。以上所说常识、学识和总体的智慧，都是智育的要件，目的是教人做到知者不惑。

怎么样才能不忧呢？为什么仁者便会不忧呢？想明白这个道理，先要知道中国先哲的人生观是怎么样。

---

① 印板：原指印刷用的底板，这里比喻死板不变。——编者注

"仁"之一字，儒家人生观的全体大用都包在里头。"仁"到底是什么？很难用言语说明，勉强下个解释，可以说是"普遍人格之实现"。孔子说"仁者人也"，意思说是人格完成就叫做"仁"。但我们要知道，人格不是单独一个人可以表见的，要从人和人的关系上看出来，所以"仁"字从二人，郑康成①解他做"相人偶"。总而言之，要彼我交感互发，成为一体，然后我的人格才能实现。所以我们若不讲人格主义，那便无话可说，讲到这个主义，当然归宿到普遍人格。换句话说，宇宙即是人生，人生即是宇宙，我的人格和宇宙无二无别。体验得这个道理，就叫做"仁者"。然则这种"仁者"为甚么就会不忧呢？大凡忧之所从来，不外两端：一曰忧成败，二曰忧得失。我们得着"仁"的人生观，就不会忧成败，为什么呢？因为我们知道宇宙和人生是永远不会圆满的，所以《易经》六十四卦，始《乾》，而终《未济》。正为在这永远不圆满的宇宙中，才永远容得我们创造进化，我们所做的事，不过在宇宙进化几万万里的长途中，往前挪一寸两寸，那里配说成

---

① 郑康成：郑玄，字康成，东汉经学大师。——编者注

功呢？然则不做怎么样呢？不做便连这一寸两寸都不往前挪，那可真真失败了。"仁者"看透这种道理，信得过只有不做事才算失败，肯做事便不会失败，所以《易经》说："君子以自强不息。"换一方面来看，他们又信得过凡事不会成功的，几万万里路挪了一两寸，算成功吗？所以《论语》说："知其不可而为之。"你想，有这种人生观的人，还有什么成败可忧呢？再者，我们得着"仁"的人生观，便不会忧得失，为什么呢？因为认定这件东西是我的，才有得失之可言，连人格都不是单独存在，不能明确的画出这一部分是我的，那一部分是人家的，然则那里有东西可以为我所得？既已没有东西为我所得，当然也没有东西为我所失，我只是为学问而学问，为劳动而劳动，并不是拿学问、劳动等等做手段来达某种目的——可以为我们"所得"的。所以老子说："生而不有，为而不恃"，"既以为人己愈有，既以与人己愈多"。你想，有这种人生观的人，还有什么得失可忧呢？总而言之，有了这种人生观，自然会觉得"天地与我并生，而万物与我为一"，自然会"无入而不自得"，他的生活，纯然是趣味化、艺术化。这是最高的情感教育，目的教人做到仁者不忧。

怎么样才能不惧呢？有了不惑、不忧工夫，惧当然会减少许多了，但这是属于意志方面的事。一个人若是意志力薄弱，便有很丰富的智识，临时也会用不着；便有很优美的情操，临时也会变了卦。然则意志怎么才会坚强呢？头一件须要心地光明。孟子说："浩然之气，至大至刚，行有不慊于心，则馁矣。"又说："自反而不缩，虽褐宽博，吾不惴焉；自反而缩，虽千万人吾往矣。"俗语说得好："生平不作亏心事，夜半敲门也不惊。"一个人要保持勇气，须要从一切行为可以公开做起，这是第一着。第二件要不为劣等欲望之所牵制。《论语》记："子曰：'吾未见刚者。'或对曰：'申枨[①]。'子曰：'枨也欲，焉得刚？'"一被物质上无聊的嗜欲东拉西扯，那么，百炼钢也会变为绕指柔了。总之，一个人的意志由刚强变为薄弱极易，由薄弱返到刚强极难。一个人有了意志薄弱的毛病，这个人可就完了，自己作不起自己的主，还有什么事可做？受别人压制，做别人奴隶，自己只要肯

[①] 申枨：字周，春秋时鲁国人，孔子七十二弟子之一。——编者注

奋斗，终须能恢复自由。自己的意志做了自己情欲的奴隶，那么，真是万劫沉沦，永无恢复自由的余地，终身畏首畏尾成了个可怜人了。孔子说："和而不流，强哉矫！中立而不倚，强哉矫！国有道，不变塞焉，强哉矫！国无道，至死不变，强哉矫！"我老实告诉诸君说罢，做人不做到如此，决不会成一个人，但做到如此，真是不容易，非时时刻刻做磨练意志的工夫不可。意志磨练得到家，自然是看着自己应做的事，一点不迟疑，扛起来便做，"虽千万人吾往矣"。这样才算顶天立地做一世人，绝不会有藏头躲尾，左支右绌的丑态。这便是意育的目的，要教人做到勇者不惧。

我们拿这三件事作做人的标准，请诸君想想，我自己现时做到那一件——那一件稍为有一点把握。倘若连一件都不能做到，连一点把握都没有，嗳哟！那可真危险了，你将来做人恐怕就做不成。讲到学校里的教育吗，第二层的情育、第三层的意育，可以说完全没有，剩下的只有第一层的知育。就算知育罢，又只有所谓常识和学识，至于我所讲的总体智慧，靠来养成根本判断力的，却是一点儿也没有。这种"贩卖智识杂货店"的教育,把他前途想下去,真令人不寒而栗。现在这种教育,一时又改革不来,我们可爱的青年,除了他更没有可以受教育的地方。诸君啊!你到底还要做人不要,你要知道危险呀!非你自己抖擞精神,想方法自救,没有人能救你呀!

诸君啊!你千万别要以为得些断片的智识,就算是有学问呀。我老实不客气告诉你罢,你如果做成一个人,智识自然是越多越好;你如果做不成一个人,智识却是越多越坏。你不信吗?试想想全国人所唾骂的卖国贼某人某人,是有智识的呀,还是没有智识的呢?试想想全国人所痛恨的官僚政客——专门助军阀作恶、鱼肉良民的人,是有智识的呀,还是没有智识的呢?诸君须知道啊!这些人当十几年前在学校的时代,意气横厉,天真烂漫,何尝不和诸君一样,为什么就会堕落到这样田地呀?屈原说的:"何昔日之芳草兮,今直为此萧艾也?岂其有他故兮,莫好修之害也。"天下最伤心的事,莫过于看着一群好好的青年,一步一步的往坏路上走。诸君猛醒啊!现在你所厌所恨的人,就是你前车之鉴了。

诸君啊！你现在怀疑吗？沉闷吗？悲哀痛苦吗？觉得外边的压迫你不能抵抗吗？我告诉你，你怀疑和沉闷，便是你因不知才会惑；你悲哀痛苦，便是你因不仁才会忧；你觉得你不能抵抗外界的压迫，便是你因不勇才有惧。这都是你的知、情、意未经过修养磨练，所以还未成个人。我盼望你有痛切的自觉啊！有了自觉，自然会自动，那么，学校之外，当然有许多学问，读一卷经，翻一部史，到处都可以发见诸君的良师呀！

诸君啊！醒醒罢，养足你的根本智慧，体验出你的人格、人生观，保护好你的自由意志，你成人不成人，就看这几年哩！

（本文系梁启超1922年12月为苏州学生联合会公开讲演的演说词）

坚毅之酬报

邹韬奋

无论什么事,
一经我着手去做,
我的心思脑力,
总完全和它无顷刻地分离,
非把它做好,
简直不能安逸。

一个人做事，在动手以前，当然要详慎考虑；但是计划或方针已定之后，就要认定目标进行，不可再有迟疑不决的态度。这就是坚毅的精神。

大思想家乌尔德（William Wirt）曾经说过："对于两件事，要想先做哪一件，而始终不能决定，这种人一件事都不会做。还有人虽然决定了一件事的计划，但是一听了朋友的一句话，就要气馁；其先决定这个意思，觉得不对，既而决定那个意思，又觉得不对；其先决定这样办法，觉得不对，既而决定那样办法，又觉得不对；好像船上虽然有了罗盘针，而这个罗盘针却跟着风浪而时常变动的；这种人决不能做大事，决不能有所成就,这种人不能有进步,至多维持现状,大概还不免退步!"

有一个报界访员问发明家爱迭生①:"你的发现是不是往往意外碰到的?"他毅然答道:"我从来没有意外碰到有价值的事情。我完全决定某种结果是值得下工夫去得到的,我就勇迈前进,试了又试,不肯罢休,直到试到我所预想的结果发生之后,我才肯歇!……我天性如此,自己也莫名其妙。无论什么事,一经我着手去做,我的心思脑力,总完全和它无顷刻地分离,非把它做好,简直不能安逸。"

坚毅的仇敌是"反抗的环境",但是我们要知道"反抗的环境"正是创造我们能力的机会。"反抗的环境"能使我们养成更强烈的抵御的力量;每战胜过困难一次,便造成我们用来抵御其次难关的更大的能力。

文豪嘉莱尔(Carlyle)千辛万苦地著成一部《法国革命史》。当他第一卷要付印的时候,他穷得不得了,急急忙忙地押与一个邻居,不幸那本稿子跌在地下,给一个女仆拿去加入柴里去烧火,把他的数年心血,

---

① 今译"爱迪生"。——编者注

几分钟里烧得干干净净！这当然使他失望得不可言状，但是他却不是因此灰心的人。又费了许多心血去收集材料，重新做起，终成了他的名著。

就是一天用一小时工夫求学问，用了十二年工夫，时间与在大学四年的专门求学的时间一样，在实际经验中参证所学，所得的效益更要高出万万！

（本文原载1927年11月27日《生活》周刊第3卷第4期）

谈升学与选课

朱光潜

> 任何科目,
> 只要和你兴趣资禀相近,
> 都可以发挥你的聪明才力,
> 都可以使你效用于社会。
> 所以你选课时,
> 旁的问题都可以丢开,
> 只要问:
> "这门功课合我的胃口吗?"

朋友：

你快要在中学毕业，此时升学问题自然常在脑中盘旋。这一着也是人生一大关键，所以，值得你慎而又慎。

升学问题分析起来便成为两个问题，第一是选校问题，第二是选科问题。这两个问题自然是密切相关的，但是为说话清晰起见，分开来说，较为便利。

我把选校问题放在第一，因为青年们对于选校是最容易走入迷途的。现在中国社会还带有科举时代的资格迷。比方小学才毕业便希望进中学，大学才毕业便希望出洋，出洋基本学问还没有做好，便希望掇拾中国古色斑斑的东西去换博士。学校文凭只是一种找饭碗的敲门砖。学校招牌愈亮，文凭就愈行，实学是无人过问的。社会既有这种资格迷，而资格买卖所便乘机而起。租三间铺面，拉拢一个名流当"名誉校长"，便可挂起一个某某大学的招牌。只看上海一隅，大学的总数比较英或法全国大学的总数似乎还要超过，谁说中国文化没有提高呢？大学既多，只是称"大学"还不能动听，于是"大学"之上又冠以"美国政府注册"的头衔。既"大学"而又在"美国政府注册"，生意自然更加茂盛了。何况许多名流又肯"热心教育"做"名誉校长"呢？

朋友，可惜这些多如牛毛的大学都不能解决我们升学的困难，因为那些有"名誉校长"或是"美国政府注册"的大学，是预备让有钱可花的少爷公子们去逍遥岁月，像你我们既无钱可花，又无时光可花，只好望望然去吧。好在它们的生意并不会因我们"杯葛"[①]而低落的，我们求学最难得的是诚恳的良师与和爱的益友，所以选校应该以有无诚恳、和爱的空气为准。如果能得这种

---

① 集体抵制之意，台湾及港澳地区常用。——编者注

学校空气，无论是大学不是大学，我们都可以心满意足。做学问全赖自己，做事业也全赖自己，与资格都无关系。我看过许多留学生程度不如本国大学生，许多大学生程度不如中学生。至于凭资格去混事做，学校的资格在今日是不大高贵的，你如果作此想，最好去逢迎奔走，因为那是一条较捷的路径。

升学问题，跨进大学门限以后，还不能算完全解决。选科选课还得费你几番踌躇。在选课的当儿，个人兴趣与社会需要尝不免互相冲突。许多人升学选课都以社会需要为准。从前人都欢迎速成法政；我在中学时代，许多同学都希望进军官学校或是教会大学；我进了高等师范，那要算是穷人末路。那时高等师范里最时髦的是英文科，我选了国文科，那要算是腐儒末路。杜威来中国时，哥伦比亚大学的留学生把教育学也弄得很热闹。近来书店逐渐增多，出诗文集一天容易似一天，文学的风头也算是出得十足透顶。听说现在法政经济又很走时了。朋友，你是学文学或是学法政呢！"学以致用"本来不是一种坏的主张；但是资禀兴趣人各不同，你假若为社会需要而忘却自己，你就未免是一位"今之学者"了。任何科目,只要和你兴趣资禀相近,都可以发挥你的聪明才力,都可以使你效用于社会。所以你选课时,旁的问题都可以丢开,只要问:"这门功课合我的胃口吗?"

我时常想,做学问,做事业,在人生中都只能算是第二桩事。人生第一桩事是生活。我所谓"生活"是"享受",是"领略",是"培养生机"。假若为学问为事业而忘却生活,那种学问事业在人生中便失其真正意义与价值。因此,我们不应该把自己看作社会的机械。一味迎合社会需要而不顾自己兴趣的人,就没有明白这个简单的道理。

我把生活看做人生第一桩要事,所以不赞成早谈专门;早谈专门便是早走狭路,而早走狭路的人对于生活常不能见得面面俱到。前天 G 君对我谈过一个故事,颇有趣,很可说明我的道理。他说,有一天,一个中国人、一个印度人和一个美国人游历,走到一个大瀑布前面,三人都看得发呆。中国人说:"自然真是美丽!"印度人说:"在这种地方才见到神的力量呢!"美国人说:"可惜偌大水力都空费了!"这三句话各个不同，各有各的真理，也各有各的缺陷。在完美的世界里，我们在瀑布中应能同时见到自然的美丽，神力的广大和水力的实用。许多人因为站在狭路上，只能见到诸方面的某一面，便说他人所见到的都不如他的真确。前几年大家曾像煞有介事地争辩哲学和科学，争辩美术和宗教，不都是坐井观天诬天渺小吗？

我最怕和谈专门的书呆子在一起，你同他谈话，他三句话就不离本行。谈到本行以外，旁人所以为兴味盎然的事物，他听之则麻木不能感觉。像这样的人是因为做学问而忘记生活了。我特地提出这一点来说，因为我想现在许多人大谈职业教育，而不知单讲职业教育也颇危险。我并非反对职业教育，我却深深地感觉到职业教育应该有宽大自由教育（Liberal education）做根底。倘若先没有多方面的宽大自由教育做根底，则职业教育的流弊，在个人方面，常使生活单调乏味，在社会方面，常使文化肤浅褊狭。

许多人一开口就谈专门（specialization），谈研究（research work）。他们说，欧美学问进步所以迅速，是由于治学尚专门。原来不专则不精，固是自然之理，可是"专"也并非是任何人所能说的。倘若基础树得不宽广，你就是"专"，也决不能专到多远路。自然和学问都是有机的系统，其中各部分常息息相通，牵此则动彼。倘若你对于其他各部分都茫无所知，而专门研究某一部分，实在是不可能的。哲学和历史，须有一切学问做根底；文学与哲学历史也密切相关；科学是比较可以专习的，而实亦不尽然。比方生物学，要研究到精深的地步，不能不通化学，不能不通物理学，不能不通地质学，不能不通数学和统计学，不能不通心理学。许多人连动物学和植物学的基础也没有，便谈专门研究生物学，是无异于未学爬而先学跑的。我时常想，学问这件东西，先要能博大而后能精深。"博学守约"，真是至理名言。亚里士多德是种种学问的祖宗。康德在大学里几乎能担任一切功课的教授。歌德盖代文豪而于科学上也很有建树。亚当·斯密是英国经济学的始祖，而他在大学是教授文学的。近如罗素，他对于数学、哲学、政治学样样都能登峰造极。这是我信笔写来的几个确例。西方大学者（尤其是在文学方面）大半都能同时擅长几种学问的。

我从前预备再做学生时，也曾痴心妄想过专门研究某科中的某某问题。来欧以后，看看旁人做学问所走的路径，总觉悟像我这样浅薄，就谈专门研究，真可谓"颜之厚矣"！我此时才知道从前在国内听大家所谈的"专门"是怎么一回事。中国一般学者的通病就在不重根基而侈谈高远。比方"讲东西文化"的人，可以不通哲学，可以不通文学和美术，可以不通历史，可以不通科学，可以不懂宗教，而信口开河，凭空立说；历史学者闻之窃笑，科学家闻之窃笑，文艺批评学者闻之窃笑，只是发议论者自己在那里扬扬得意。再比方著世界文学史的人，法国文学可以不懂，英国文学可以不懂，德国文学可以不懂，希腊文学可以不懂，中国文学可以不懂，而东抄西袭，堆砌成篇，使法国文学学者见之窃笑，英国文学学者见之窃笑，中国文学学者见之窃笑，只是著书人在那里大吹喇叭。这真所谓"放屁放屁，真正岂有此理"！

朋友，你就是升到大学里去，千万莫要染着时下习气，侈谈高远而不注意把根基打得宽大稳固。我和你相知甚深，客气话似用不着说。我以为你在中学所打的基本学问的基础还不能算是稳固，还不能使你进一步谈高深专门的学问。至少在大学头一二年中，你须得尽力多选功课，所谓多选功课，自然也有一个限制。贪多而不务得，也是一种毛病。我是说，在你的精力时间可能范围以内，你须极力求多方面的发展。

最后，我这番话只是对你的情形而发的。我不敢说一切中学生都要趁着这条路走。但是对于预备将来专门学某一科而谋深造的人，尤其是所学的关于文哲和社会科学方面，我的忠告总含有若干真理。

同时，我也很愿听听你自己的意见。

你的朋友 孟实

（本文原载 20 世纪 20 年代《一般》）

怎样才配做一个现代学生

蔡元培

现在我们的青年,
如要想对于求学、做事两方面力振颓风,
则非学"猴子样的敏捷",
急起直追不可!

一般似乎很可爱的青年男女，住着男女同学的学校，就可以算做现代学生么？或者能读点外国文的书，说几句外国语，或者能够"信口开河"的谈什么……什么主义和什么什么……文学，也配称做现代学生么？我看，这些都是表面的或次要的问题。我以为至少要具备下列三个条件，才配称做现代学生。

（一）狮子样的体力

我国自来把读书的人叫做文人，本是因为他们所习的为文事的缘故，不料积久这"文人"两个字和"文弱的人"四个字竟发生了连带的关系。古时文士于礼、乐、书、数之外，尚须学习射、御，未尝不寓武于文。

不料到后来，被一般野心帝王专以文字章句愚弄天下儒生，鄙弃武事，把知识阶级的体力继续不断的摧残下去；流毒至今，一般读书人所应有的健康，大都被毁剥了。羸弱父母，那能生产康强的儿女？先天上既虞不足，而学校教育又未能十分注意体格的训练，后天上也就大有缺陷。所以现时我国的男女青年的体格，虽略较二十年前的书生稍有进步，但比起东、西洋学生壮健活泼、生机勃茂的样子来，相差真不可以道里计。新近有一位留学西洋多年而回国不久的朋友对我说：他刚从外洋回到上海的时候，在马路上走，简直不敢抬头，因为看见一般孱弱已极、毫无生气的中国男女，不禁发生恐惧和惭愧的感觉。这位朋友的话并不是随便邪说，任何人刚从外国返到中国国境，怕都不免有同样的印象。这虽是就普通的中国人观察，但是学校里的学生也好不了许多。先有健全的身体，然后有健全的思想和事业，这句话无论何人都是承认的，所以学生体力的增进，实在是今日办教育的生死关键。

　　现今欲求增进中国学生的体力，惟有提倡运动一法。中国废科举，办学校，虽已历时二十余年之久，对于体育一项的设备太不注意，甚至一个学校，连操场、球场都没有，至于健身房、游泳池等等关于体育上的设备，更说不上了。运动机会既因无"用武地"而减少，所以往往有聪慧勤学的学生，只因体力衰弱的缘故，纵使不患肺病、神经衰弱病及其他痼症而青年夭折，也要受精力不强、活动力减少的影响，不能出其所学贡献于社会，前途希望和幸福就从此断送，这是何等可悲痛的事！

今日的学生，便是明日的社会中坚、国家柱石，这样病夫式或准病夫式的学生，焉能担得起异日社会国家的重责？又焉能与外国赳赳武夫的学生争长比短？就拿本年日本举行的第九届远东运动会①而论，我国运动员的成绩比起日本来，几于处处落人之后。较可取巧的足球，日本学生已成我劲敌；至于最费体力的田径赛，则完全没有我国学生的地位，这又是何等可羞耻的事！

体力的增进，并非一蹴而企。试观东、西洋学生，自小学以至大学，无一日不在锻炼陶冶之中。所以他

---

① 第九届远东运动会：1930年5月在日本东京举行。——编者注

们的青年，无不嗜好运动，兴趣盎然，一闻赛球，群起而趋。这种习惯的养成，良非易事，而健全国民的基础，乃以确定。这种情形，在初入其国的，尝误认为一种狂癖；观察稍久，方知其影响国本之大。这是我们所应憬然猛省的。

外人以我国度庞大而不自振作，特赠以"睡狮"的怪号。青年们！醒来吧！赶快回复你的"狮子样的体力"！好与世界健儿一较好身手；并且以健全的体力，去运用思想，创造事业！

（二）猴子样的敏捷

"敏捷"的意思，简单说起来就是"快"。在这二十世纪的时代做人，总得要做个"快人"才行。譬如赛跑或游泳一样，快的居前，不快的便要落后，这是无可避免的结果。我们中国的文化，在二千年前，便已发展到与现今的中国文化程度距离不远。那时欧洲大陆还是蛮人横行时代。至美洲，尚草莽未辟，更不用说。然而今日又怎样呢？欧洲文化的灿烂，吾人既已瞠乎其后，而美洲则更发展迅速。美利坚合众国立国至今不过一百五十四年，其政治、经济的一切发展，竟有"后来居上"之势。这又是什么缘故呢？这固然是美国的环境好，适于建设。而美国人的举动敏捷，也是他们成功迅速的一个最大原因。吾人试游于美国的都市，汽车、街车等等的风驰电掣不算，就是在大街两旁道上走路的人，也都是迈往直前，绝少左顾右盼、姗姗行迟，像中国人所常有的样子；再到他们的工厂或办事房中去参观，他们也是快手快脚的各忙各的事体；至于学校里的学生，无论在讲堂上、操场上、图书馆里、实验室里，一切行动态度，总是敏捷异常，活泼得很，所以他们能够在一个短时期内，学得多，做得多，将来的成就也自然的多起来了。掉转头来看看我国的情形，一般人的行动颟顸迟缓，姑置勿论；就是学校里的学生，读书做事，也大半是一些不灵敏。所以在初中毕业的学生，国文不能畅所欲言；在大学里毕业的学生，未必能看外国文的书籍。这不是由于他们的脑筋迟钝，实在是由于习惯成自然。所以出了学校以后，做起事来，仍旧不能紧张，"从容不迫"的做下去。西洋人可以一天做完的事，中国人非两天或三天不能做完。在效率上相差得这样多，所成就的事体，自然也就不可同日而语了。

关于这种迟缓的不敏捷的行动，我说是一种习惯，而且这种习惯是由于青年时代养成的，并不是没有什么事实上的根据。我们可以用华侨子弟和留学生来做证明：在欧美生长的中国小孩，行动的敏捷，固足与外国小孩相颉颃①；而一般留学生，初到外国的时候，总感觉得处处落人之后，走路没有人家快，做事没有人家快，读书没有人家快，在课堂上抄笔记也没有人家写得快、记得多，苦不堪言；但在这样环境中吃得苦头太多了以后，自然而然的一切行动也就渐渐的会变快了。所以留学生回国后，一切行动总比普通一般人要敏捷些；等待他们在百事迟钝的中国环境里住的时间稍为长久一点，他们的迟缓的老脾气，或者也会重新发作的。就拿与人约会或赴宴会做例子，在欧美住过几年的人，初回国的时候，大都是很肯遵守时间，按时而到；后来觉得自己到了，他人迟到，也是于事无益，呆坐着等人，还白白糟蹋了宝贵的时间，不如还是从俗罢。但是这种习惯的误事和不便，是人人所

---

① 颉颃（xié háng）：指不相上下，相抗衡。——编者注

引为遗憾的。尤其是我们的青年人,应当积极纠正的。

青年们呀!现在已经是二十世纪的新时代了!这个时代的特征就是"快"。你看布满了各国大陆的铁道,浮遍了各国海洋的船舰,肉眼可看见的有线电的电线、不可见的无线电的电浪,可以横渡大西洋而远征南、北极的飞机,城市地面上驰骋着的街车与汽车,地面下隧道中通行的火车与电车,以及工厂、农场、公事房、家庭中所有的一切机器,那一件不是为要想达到"快"的目的而设的?况且凡百科学,无不日新月异的在那里增加发明,我们纵不能自己发明,也得要迎头赶上去、学上去,这都是非快不为功的。

据进化论的昭示,我们人类由猿猴进化而来。却是人类在这比较安舒的环境中,行动渐次变了迟钝,反较猴子略逊一筹,而中国人的颟顸程度更特别的高。以开化最早的资格,现反远居人后,这是多么惭愧的事!现在我们的青年,如要想对于求学、做事两方面力振颓风,则非学"猴子样的敏捷",急起直追不可!

(三)骆驼样的精神

在中国四万万同胞中,各人所负责任的重大,恐怕要算青年学生首屈一指了！就中国现时所处的可怜地位和可悲的命运而论，我们几乎可以说：凡是可摆脱这种地位、挽回这种命运的事情和责任，直接或间接都是要落在学生们的双肩上。

第一是对于学术上的责任。做学生的第一件事就要读书。读书从浅近方面说，是要增加个人的知识和能力，预备在社会上做一个有用的人材①；从远大的方面说，是要精研学理，对于社会、国家和人类作最有价值的贡献。这种责任是何等的重大！读者要知道，一个民族或国家要在世界上立得住脚——而且要光荣的立住——是要以学术为基础的，尤其是，在这竞争剧烈的二十世纪，更要倚靠学术。所以学术昌明的国家，没有不强盛的；反之，学术幼稚和知识蒙昧的民族，没有不贫弱的。德意志便是一个好例证：德人在欧战时力抗群强，能力固已可惊；大败以后，曾不十年而又重列于第一等国之林，这岂不是由于他们的科学程度特别优越而建设力强所致么？我们中国人在世界上原来很有贡献的——如发明指南针、印刷术、火药之

---

① 即"人才"。——编者注

类——所以现时国力虽不充足，而仍为谈世界文化者所重视。不过经过两千年专制的锢蔽，学术遂致落伍。试问在现代的学术界，我们中国人对于人类幸福有贡献的究竟有几个人呢？无怪人家渐渐的看不起我们了。我们以后要想雪去被人轻视的耻辱，恢复我们固有的光荣，只有从学术方面努力，提高我们的科学知识，更进一步对世界为一种新的贡献，这些都是不能不首先属望于一般青年学生的。

第二是对于国家的责任。中国今日，外则强邻四逼，已沦于次殖民地的地位；内则政治紊乱，民穷财匮，国家的前途实在太危险了。今后想摆脱列强的羁绊，则非急图取消不平等条约不可。想把国民经济现状改良，使一般国民能享独立、自由、富厚的生活，则非使国内政治能上轨道不可。昔范仲淹为秀才时，便以天下为己任，果然有志竟成。现在的学生们，又安可不以国家为己任咧！

第三是对于社会的责任。先有好政治而后有好社会，抑先有好社会而后有好政治？这个问题用不着什么争论的，其实二者是相互影响的，所以学生对于社会也是负有对于政治同等的责任。我们中国的社会是一个很老的社会，一切组织形式及风俗习惯，大都陈旧不堪，违反现代精神而应当改良。这也是要希望学生们努力实行的。因为一般年纪大一点的旧人物，有时纵然看得出、想得到，而以濡染太久的缘故，很少能彻底改革的。所以关于改良未来的社会一层，青年所负的责任也是很大的。

以上所说的各种责任都放在学生们的身上，未免太重一些。不过生在这时的中国学生，是无法避免这些责任的。若不学着"骆驼样的精神"来"任重道远"，又有什么办法呢？

除开上述三种基本条件而外，再加以"崇好美术的素养"和"自爱"、"爱人"的美德，便配称做现代学生而无愧了。

（本文原载1930年10月《现代学生》月刊创刊号）

关于国文的学习

夏丏尊

文字的理解，
最要紧的是捕捉大意或要旨，
否则逐句虽已理解，
对于全文仍难免有不得要领之弊。

一、引言

摆在我面前的题目,是《关于国文的学习》,就是要对中学生诸君谈谈国文的学习法。我虽曾在好几个中学校任过好几年国文科教员,对于这任务,却不敢自信能胜任愉快。因为这题目范围实在太广了,一时无从说起,并且自古迄今,已不知有若干人说过若干的话,著过若干的书,即在现在,诸君平日在国文课里,也许已经听得耳朵要起茧哩。我即使说,也只是些老生常谈而已。

我敢在这里声明,以下所说的不出老生常谈。把老生常谈择要选取来加以演述，使中学生诸君容易领会，因而得着好处，是我的目的。这目的如果能达到若干，那就是我对于中学生诸君的贡献了。

二、中学生应具的国文能力

国文二字，是无止境的。要谈中学生的国文学习法，先须预定中学生应具的国文程度。有了一定的程度，然后学习才有目标，也才有学习法可言。

诸君是中学生，对于毕业时的国文科的学力，各自作怎样的要求，我原不知道，想来是必各怀着一种期待吧。我做了许多年的中学国文教员，对于国文科的学力，曾在心中主观地描绘过一个理想的中学生，至今尚这样描绘着。现在试把这理想的人介绍给诸君相识。

他能从文字上理解他人的思想感情，用文字发表自己的思想感情，而且能不至于十分理解错，发表错。

他是一个中国人，能知道中国文化及思想的大概。知道中国的普通成语与辞类，遇不知道时，能利用工具书自己查检。他也许不能用古文来写作，却能看得懂普通的旧典籍，他不必一定会作诗，作赋，作词，作小说，作剧本，却能知道什么是诗，是赋，是词，是小说，是剧本，加以鉴赏。他虽不能博览古昔典籍，却能知道普通典籍的名称，构造，性质，作者及内容大略。

他又是一个世界上的人，一个二十世纪的人，他也许不能直读外国原书，博通他国情形，但因平日的留意，能知道全世界普通的古今事项，知道周比特（Jupiter）[①]，阿普罗（Apollo）[②]，委娜斯（Venus）[③]等类名词的出处，知道"三位一体"，"第三国"等类名词的意义，知道荷马（Homer），拜伦（Byron）是什么人，知道《神曲》（*Devine Comedy*），《失乐园》（*Paradise Lost*）是谁的著作，不会把"梅德林克"[④]误解作乐器中的曼陀铃，把"伯纳特·萧"[⑤]误解作是一种可吹的箫！（这是我新近在某中学校中听到的笑

---

① 今译"丘比特"。——编者注
② 今译"阿波罗"。——编者注
③ 今译"维纳斯"。——编者注
④ 今译"梅特林克"。——编者注
⑤ 即萧伯纳。——编者注

话，这笑话曾发生于某国文教员。）

我理想中所期待悬拟的中学毕业生的国文科的程度是这样。这期待也许有人以为太过分，但我自信却不然。中学毕业生是知识界的中等分子，常识应该够得上水平线。具备了这水平线的程度，然后升学的可以进窥各项专门学问，不至于到大学里还要听名词动词的文法，读一篇一篇的选文。不升学的可以应付实际生活，自己补修起来也才有门径。

现在再试将十八年[①]八月教育部颁行的《中学课程暂行标准》中所规定的高中及初中的毕业最低限度抄列如下。

甲、高中国文科毕业最低限度：

（一）曾精读名著六种而能了解与欣赏。

（二）曾略读名著十二种而能大致了解欣赏。

（三）能于中国学术思想、文学流变、文字构造、文法及修辞等有简括的常识。

（四）能自由运用语体文及平易的文言文作叙事说理表情达意的文字。

[①] 即1929年。——编者注

（五）能自由运用最低限度的工具书。

（六）略能检用古文书籍。

乙、初中国文科毕业最低限度：

（一）曾精读选文，能透彻了解并熟习至少一百篇。

（二）曾略读名著十二种，能了解大意，并记忆其主要部分。

（三）能略知一般名著的种类、名称，图书馆及工具书籍的使用，自由参考阅读。

（四）能欣赏浅近的文学作品。

（五）能以语体文作充畅的文字，无文法上的错误。

（六）能阅览平易的文言文书籍。

把我所虚拟的中学生的国文程度和教育部所规定的中学生国文科毕业最低限度两相比较，似乎也差不多。不过教育部的规定把初中、高中截分为二，我则泛就了中学生设想而已。

现在试姑把这定为水平线，当作一种学习的目标。那么怎样去达这目标呢？这就是本文所欲说的了。

三、关于阅读

依文字的本质来说,国文的学习途径,普通是阅读与写作二种。阅读就是我在前面所说的"从文字上理解他人的思想感情"的事,写作就是我在前面所说的"用文字发表自己的思想感情"的事。能阅读,能写作,学习文字的目的就已算达到了。

先谈阅读。

"阅读什么?"这是我屡从我的学生及一般青年接到的问题。关于这问题,曾有好几个人开过几个书目。如胡适的《最低限度的国学书目》,梁启超的《国学入门书要目》,此外还有许多人发过不少零碎的意见。我在这里却不想依据这些意见,因为"国文"与"国学"不同,而且那些书目也不是为现在肄业中学校的诸君开列的。

就眼前的实况说,中学国文尚无标准读本,中学国文课程中的读物,大部分是选文。别于课外由教师酌定若干整册的书籍作为补充。一般的情形既不过如此,当然谈不到什么高远的不合实际的议论。我在本文中只拟先就选文与教师指定的课外书籍加以说述，然后再涉及一般的阅读。

今天选读一篇冰心的小说，明天来一篇柳宗元的游记，再过一日来一篇《史记》列传，教师走马灯式地讲授，学生打着呵欠敷衍，或则私自携别书观览，这是普通学校中国文教室中的一般情形。本文是只对学生诸君说的，教师方面的话姑且不提，只就学习者方面来说。中学国文课中既以选文为重要成分，占着时间的大部分，应该好好地加以利用。为防止教师随便敷衍计，我以为不妨由学生预先请求教师定就一学年或半学年的选文系统，决定这学年共约选若干篇文字。内容方面，属于思想的若干篇，属于文艺的若干篇，属于常识或偶发事项的若干篇，属于实用的若干篇；形式方面，属于记叙体的若干篇，属于议论体的若干篇，属于传记或小说的若干篇，属于戏剧或诗歌的若干篇，属于书简或小品的若干篇（此种预计，只要做教师的不十分撒烂污[1]，照理应该不待学生请求，自己为之）。材料既经定好，对于选文，应该注意切实学习。

---

[1] 方言。意为不负责任、搞坏了事情。

我以为最好以选文为中心，多方学习，不要把学习的范围限在选文本身。因为每学年所授的选文为数无几，至多不过几十篇而已。选文占着国文正课的重要部分，如果于一学年之中仅就了几十篇文字本身，得知其内容与形式，虽然试验时可以通过，究竟得益很微，不能算是善学者。受到一篇选文，对于其本身的形式与内容，原该首先理解，还须进而由此出发，作种种有关系的探究，以扩张其知识。例如教师今日选授陶潜的《桃花源记》，我以为学习的方面可有下列种种：

（1）求了解文中未熟知的字与辞。

（2）求了解全文的意趣与各节各句的意义。

（3）文句之中如有不能用旧有的文法知识说明者，须求得其解释。

（4）依据了此文玩索记叙文的作法。

（5）借此领略晋文风格的一斑。

（6）求知作者陶潜的事略，旁及其传记与别的诗文。最好乘此机会去一翻《陶集》。

（7）借此领略所谓乌托邦思想。

（8）追求作者思想的时代的背景。

一篇短短的《桃花源记》，于供给文法文句上的新知识以外，还可借以知道记叙文的体式，晋文的风格，乌托邦思想的一斑，陶潜的传略，晋代的状况等等。如此以某篇文字为中心，就有关系的各方面扩张了学去，有不能解决的事项，则翻书查字典或请求教师指导，那么读过一篇文字，不但收得其本身的效果，还可连带了习得种种的知识，较之胡乱读过就算者真有天渊之差了。知识不是孤立可以求得的，必须有所凭借，就某一点分头扩张追讨，愈追讨关联愈多，范围也愈广。好比雪球，愈滚愈会加大起来。

以上所说的是对于选文的学习法，以下再谈整册的书的阅读。

整册的书，应读哪几种？怎样规定范围？这是一个麻烦的问题。我以为中学生的读书的范围，可分下列的几种。

（1）因选文而旁及的。如因读《桃花源记》而去读《陶集》，读《无何有乡见闻记》（威廉·马列斯著）；因读司马谈的《论六家要旨》而去读《论语》、《老子》、

《韩非子》、《墨子》等等。

（2）中国普通人该知道的。如"四书"、"四史"、"五经"，周秦诸子，著名的唐人的诗，宋人的词，元人的曲，著名的旧小说，时下的名作。

（3）全世界所认为常识的。如希腊的神话，各国近代代表的文艺名作。

不消说，上列的许多书，要一一全体阅读，在中学生是不可能的。但无论如何要当作课外读物尽量加以涉猎，有的竟须全阅或精读。举例来说，"四书"须全体阅读，诸子则可选择读几篇，诗与词可读前人选本。无论全读或略读，一书到手，最好先读序，次看目录，了解该书的组织，知道有若干篇，若干卷，若干分目，然后再去翻阅全书，明白其大概的体式，择要读去。例如读《春秋》、《左传》，先须知道什么叫经，什么叫传，从什么公起到什么公止。读《史记》，先须知道本纪、世家、列传、书、表等等的体式。

近来有一种坏风气，大家读书不喜欢努力于基本的学修，而好作空泛工夫。普通的学生案头有胡适的《中国哲学史大纲》、《白话文学史》，顾颉刚的《古史辨》，有《欧洲文学史》，有《印度哲学概论》。问他读过"四书"、"五经"、周秦诸子的书吗？不曾。问他读过若干唐宋人的诗词集子吗？不曾。问他读过古代历史吗？不曾。问他读过各派代表的若干小说吗？不曾。问他读过欧洲文艺中重要的若干作品吗？不曾。问他读过若干小乘大乘的经典吗？不曾。这种空泛的读书法，觉得大有纠正的必要。例如胡适的《中国哲学史大纲》原是好书，但在未读过《论语》、《孟子》、《老子》、《庄子》、《墨子》等原书的人去读，实在不能得很大的利益。知道了《春秋》、《左传》、《论语》等原书的大概轮廓，然后去读《哲学史》中的关于孔子的一部分，读过几篇《庄子》，然后再去翻阅《哲学史》中关于庄子的一部分，才会有意义，才会有真利益。先得了孔子、庄子思想的基本的概念，再去讨求关于孔子、庄子思想的评释，才是顺路。用譬喻说，《论语》、《春秋》、《诗经》、《礼记》是一堆有孔的小钱，《哲学史》的孔子一节是把这些小钱贯串起来的钱索子；《庄子》中《逍遥游》、《大宗师》等一篇一篇的文字也是小钱，《哲学史》中庄子一节是钱索子。没有钱索子,不能把一个一个的零乱的小钱加以贯串整理,固然不愉快,但只有了一根钱索子,而没有许多可贯串的小钱,究竟也觉无谓。我敢奉劝大家,先读些中国关于哲学的原书,再去读哲学史,先读些《诗经》及汉以下的诗集词集,再去读文学史;先读些古代历史书籍,再去读《古史辨》。万一必不得已,也应一壁读哲学史、文学史,一壁翻原书,以求知识的充实。钱索子原是用以串零零碎碎的小钱的,如果你有了钱索子而没有可串的许多小钱,那么你该反其道而行之,去找寻许多小钱来串才是。

话不觉说得太絮叨了。关于阅读的范围,就此结束。以下试讲一般的阅读方法。

第一是理解。理解又可分两方面来说。(1)关于辞句的;(2)关于全文的。关于辞句的理解,不外乎从辞义的解释入手,次之是文法知识的运用。辞义的解释如不正确,不但读不通眼前的文字,结果还会于写作时露出毛病。因为我们在阅读时收得的辞义,不彻底明白,写作时就不知不觉地施用,闹出笑话来。(笑话的构成有种种条件,而辞义的误用是重要条件之一。）文字不通的原因，非文法不合即用辞与意思不符之故。"名教"，"概念"，"观念"，"幽默"等类名辞的误用，是常可在青年所写的文字中见到的，这就可证明他们当把这些名辞装入脑中去的时候，并未得到正当的解释。每逢见到新辞新语，务须求得正解，多翻字典，多问师友，切不可任其含糊。

辞义的解释正确了，逐句的文句已可通解了，那么就可说能理解全文了吗？尚未。文字的理解，最要紧的是捕捉大意或要旨，否则逐句虽已理解，对于全文仍难免有不得要领之弊。

一篇文字，全体必有一个中心思想，每节每段也必有一个要旨。文字虽有几千字或几万字，其中全文中心思想与每节每段的要旨，却是可以用一句话或几个字来包括的。阅读的人如不能抽出这潜藏在文字背后的真意，只就每句的文字表面支离求解，结果每句是懂了，而全文的真意所在仍是茫然。本稿字数有限，冗长的文例是无法举的，为使大家便于了解着想，略举一二部分的短例如下：

当此之时，天下之大，万民之众，王侯之威，谋臣之权，皆欲决于苏秦之策。不费斗粮，未烦一兵，未战一士，未绝一弦，未折一矢，诸侯相亲，贤于兄弟。

——《战国策》

"天下之大"以下同形式数句，只是"全世"之意；从"不"字句起至一连数句"未"什么，只是"不战"二字之意而已。

　　外物不可必，故龙逢诛，比干戮，箕子狂，恶来死，桀纣亡。人主莫不欲其臣之忠，而忠未必信，故伍员流于江，苌弘死于蜀，藏其血三年而化为碧。人亲莫不欲其子之孝，而孝未必爱，故孝己忧而曾参悲。

——《庄子·外物篇》

这段文字，要旨只是第一句"外物不可必"五字，其余只是敷衍这五字的例证。

……大家来至秦氏卧房。刚至房中，便有一股细细的甜香。宝玉此时便觉得眼饧骨软，连说："好香！"入房向壁上看时，有唐伯虎画的《海棠春睡图》，两边有宋学士秦太虚写的一副对联："嫩寒锁梦因春冷，芳气袭人是酒香。"案上设着武则天当日镜室中设的宝镜，一边摆着赵飞燕立着舞的金盘，盘内盛着安禄山掷过伤了太真乳的木瓜，上面设着寿阳公主于含章殿下卧的宝榻，悬的是同昌公主制的连珠帐。……

——《红楼梦》第五回

把房中陈设写得如此天花乱坠，作者的本意，只是想表出贾家的富丽与秦氏的轻艳而已。

对于一篇文字，用了这样概括的方法，逐步读去，必能求得各节各段的要旨，及全文的真意所在，把长长的文字归纳于简单的一个概念之中，记忆既易，装在脑子里也可免了乱杂。用譬喻来说，长长的文字，好比一大碗有颜色的水，我们想收得其中的颜色，最好能使之凝积成一小小的颜色块，弃去清水，把小小的颜色块带在身边走。

理解以外，还有所谓鉴赏的一种重要功夫须做，对于某篇文字要了解其中的各句各段及其全文旨趣所在，这是属于理解的事。想知道其每句每段或全文的好处所在，这是属于鉴赏的事。阅读了好文字，如果只能理解其意义，而不能知道其好处，犹如对了一幅名画，只辨识了些其中画着的人物或椅子、树木等等，而不去领略那全幅画的美点一样。何等可惜！

鉴赏因了人的程度而不同，诸君于第一年级读过的好文字，到第二年级再读时，会感到有不同的处所，到毕业后再读，就会更觉不同了。从前的所谓好处，到后来有的会觉得并不好，此外别有好的处所，有的或竟更觉得比前可爱。我幼年读唐诗时，曾把好的句加圈。近来偶然拿出旧书来看，就不禁自笑幼稚，发见有许多不对的地方，有好句子而不圈的，有句子并不甚好而圈着的。这种经验，我想一定人人都有，不但对于文字如此，对于书法、绘画，乃至对于整个的人生都如此的。

鉴赏的能力既因人而异，因时而异，关于鉴赏，要想说出一个方法来，原是很不容易的事。姑且把我的经验与所见约略写出一二，以供读者诸君参考。

据我的经验，鉴赏的第一条件，是把"我"放入所鉴赏的对象中去，两相比较。一壁读，一壁自问："如果叫我来说，将怎样？"对于文字全体的布局，这样问；对于各句或句与句的关系，这样问；对于每句的字，也这样问。经这样一问，可生出三种不同的答案来：

（甲）与我的说法相合或差不多，我也能说。觉得并没有什么。

（乙）我心中早有此意见或感想，可是说不出来，现在却由作者替我代为说出了。觉到一种快悦。

（丙）说法和我全不同，觉得格格不相入。

三种之中属于（甲）的，是平常的文字（在读者看来）；属于（乙）的，是好文字。属于（丙）的怎样？是否一定是不好的文字？不然。如前所说，鉴赏因人而不同，因时而不同，所鉴赏的文字与鉴赏者的程度如果相差太远，鉴赏的作用就无从成立。"仁者见仁，智者见智"，"英雄识英雄"，是相当可信的话。诸君遇到属于（丙）类的文字时，如果这文字是平常的作品，能确认出错误的处所来，那么直斥之为坏的不好的文字，原无不可。倘然那文字是有定评的名作，那就应该虚心反省，把自己未能同意的事，暂认为能力尚未到此境地，益自奋励。这不但文字如此，书法，绘画，无一不然。康有为、沈寐叟的书法是有定评的，可是在市侩却以为不如汪洵的好；最近西洋立体派、未来派的画，在乡下土老看来，当然不及曼陀、丁悚的月份牌仕女画来得悦目。

鉴赏的第二要件是冷静。鉴赏有时称"玩赏"，诸君在厅堂上挂着的画幅上，他人手中有书画的扇面上，不是常有见到某某先生"清玩"，或"雅鉴"、"清赏"等类的字样吗？"玩"和"鉴"与"赏"有关。这"玩"字大有意味。普通所谓"玩"者，差不多含有游戏的态度，就是"无所为而为"，除了这事的本身以外，别无其他目的的意味。读小说时，如果急急要想知道全体的梗概，热心地"未知以后如何，且看下回分解"地急忙读去，虽有好文字，恐也无从玩味，看不出来，第二次第三次再读，就不同了。因为这时对于全书梗概已经了然，不必再着急，文字的好歹也因而容易看出。将我自己的经验当作例子来说，《红楼梦》第三回中黛玉初到贾府与宝玉第一次见面时，写道：

宝玉看毕笑道："这个妹妹我曾见过的。"
贾母笑道："可又是胡说，你何曾见过她。"
宝玉笑道："虽然未曾见过她，然看着面善，心里倒像是旧相识，恍若远别重逢一般。"

我很赞赏这段文字。因为这一对男女主人公，过去在三生石上赤霞宫中有着那样长久的历史，以后还有许多纠葛，在初会见时，做宝玉的恐怕除了这样说，别无更好的说法的了，故可算得是好文字。可是我对于这几句文字的好处，直到读了数遍以后才发现（《红楼梦》我曾读过十次以上）。这是玩味的结果，并不是初读时就知道的。

好的作品至少要读二遍以上。最初读时不妨以收得梗概、了解大意为主眼，再读时就须留心鉴赏了。

用了"玩"的心情，冷静地去对付作品，不可再囫囵吞咽，要仔细咀嚼。诗要反复地吟，词要低徊地诵，文要周回地默读，小说要耐心地细看！

把前人鉴赏的结果拿来做参考，足以发达鉴赏力。读词读诗不感到兴趣的，不妨去择一部诗话或词话读读；读小说不感到兴趣的，不妨去一阅有人批过的本子。诗话，词话，文评，小说评，是前人鉴赏的记录，能教示我们以诗词文或小说的好处所在，大足为鉴赏上的指导。举例来说：《水浒》中写潘金莲调戏武松的一节，自"叔叔万福"起，至"叔叔不会簇火，我与叔叔拨火，要似火盆常热便好"，一直数十句谈话都称"叔叔"，下文接着写道："那妇人……便放了火箸，却筛一盏酒来自呷了一口，剩了大半盏看着武松道：'你若有心吃了这半盏儿残酒'。"金圣叹在这下面批着："写淫妇便是活淫妇，""以上凡叫过三十九个'叔叔'，忽然换一个'你'字，妙心妙笔。"

这"叔叔"与"你"的突然的变化，其妙处在普通的读者也许不易领会，或者竟不能领会，但一经圣叹点出，就容易知道了。

但须注意，前人的诗话、词话、文评、小说评，是前人鉴赏的结果。用以帮助自己的鉴赏能力则可，自己须由此出发，更用了自己的眼识去鉴赏，切不可为所拘执。前人的鉴赏法有好的也有坏的。特别是文评，从来以八股的眼光来评文的甚多，什么"起承转合"，什么"来龙去脉"，诸如此类，从今日看去实属可哂，用不着再去蹈袭了。

四、关于写作

从古以来，关于作文不知已有过多少的金言玉律。什么"推敲"咧，"多读多作多商量"咧，"文以达意为工"咧，"文必己出"咧，诸如此类的话，不遑枚举，在我看来，似乎都只是大同小异的东西，举一可概其余的。例如"推敲"与"商量"固然差不多，再按之，不"多读"，则识辞不多，积理不丰，也就无从"商量"，无从"推敲"，因而也就无从"多作"了。因为"作"，不是叫你随便地把"且夫天下之人"瞎写几张，乃是要作的。至于"达意"，仍是一句老话头，唯其与"意"尚未相吻合，尚未适切，故有"推敲""商量"的必要，"推敲""商量"的目的，无非就在"达意"而已。至于"文必己出"亦然。要达的是"己"的意，不是他人的意，自己的意要想把它达出，当然只好"己出"，不能"他出"，又因要想真个把"己"达出，"推敲""商量"的工夫就不可少了。此外如"修辞立其诚"咧，"文贵自然"咧，也都可作同样的解释，只是字面上的不同罢了。佛法中有"一即一切"、"一切即一"的话，我觉得从古以来古人所遗留下来的文章诀窍亦如此。

我曾在本稿开始时声明，我所能说的只是老生常谈。关于写作，我所能说的更是老生常谈中之老生常谈。以下我将从许多老生常谈中选出若干适合于中学生诸君的条件，加以演述。

关于写作，第一可发生的问题是"写作些什么？"第二是"怎样写作？"

现在先谈"写作些什么？"

先来介绍一个笑话：从前有一个秀才，有一天伏在案头做文章，因为做不出，皱起了眉头，唉声叹气，样子很苦痛。他的妻在旁嘲笑了说:"看你做文章的样子,比我们女人生产还苦呢!"秀才答道:"这当然!你们女人的生产是肚子里先有东西的,还不算苦。我的做文章,是要从空的肚子里叫它生产出来,那才真是苦啊!"真的,文章原是发表自己的思想感情的东西,要有思想感情,才能写得出来,那秀才肚子里根本空空地没有货色,却要硬做文章,当然比女人生产要苦了。

照理,无论是谁,只要不是白痴,肚子里必有思想感情,决不会是全然空虚的。从前正式的文章是八股文,八股文须代圣人立言,《论语》中的题目,须用孔子的口气来说,《孟子》中的题目,须用孟子的口气来说,那秀才因为对于孔子、孟子的化装,未曾熟习,肚子里虽也许装满着目前的"想中举人"咧,"点翰林"咧,"要给妻买香粉"咧,以及关于柴米油盐等琐屑的思想感情,但都不是孔子、孟子所该说的,一律不能入文,思想感情虽有而等于无,故有做不出文章的苦痛。我们生当现在,已不必再受此种束缚,肚子里有什么思想感情,尽可自由发挥,写成文字。并且文字的形式也不必如从前地要有定律,日记好算文章,随笔也好算文章。作诗不必限字数，讲对仗，也不必一定用韵，长短自由，题目随意。一切和从前相较，算是自由已极的了。

那么凡是思想感情，一经表出，就可成为文章了吗？这却也没有这样简单。当我们有疾病的时候，"我恐这病不轻"是一种思想的发露，但写了出来，不好就算是文章。"苦啊！"是一种感情的表示，但写了出来也不好算是文章。文章的内容是思想感情，所谓思想感情，不是单独的，是由若干思想或感情复合而成的东西。"交朋友要小心"不是文章，以此为中心，把"所以要小心"、"怎样小心法"、"古来某人曾怎样交友"等等的思想组织地系统地写出，使它成了某种有规模的东西，才是文章。"今天真快活"不是文章，把"所以快活的事由"、"那事件的状况"等等记出，写成一封给朋友看的书信或一则自己看的日记，才是文章。

文章普通有两种体式，一是实用的，一是趣味的。实用的文章为处置日常的实际生活而说，通常只把意思（思想感情）老实简单地记出，就可以了。诸君于年假将到时，用明信片通知家里，说校中几时放假，届时叫人来挑铺盖行李咧，在拍纸簿上写一张向朋友借书的条子咧，以及汇钱若干叫书店寄书册的信咧，拟校友会或寄宿舍小团体的规约咧，都是实用文。至于趣味的文章，是并无生活上的必要的，至少可以说是与个人眼前的生活关系不大，如果懒惰些，不作也没有什么不可。诸君平日在国文课堂上所受到的或自己想作的文章题目，如"同乐会记事"咧，"一个感想"咧，"文学与人生"咧，"悼某君之死"咧，"个人与社会"咧，小说咧，戏剧咧，新诗咧，都属于这一类。这类文章和个人实际生活关系很远，世间尽有不做这类文章，每日只写几张似通非通的便条子或实务信，安闲地生活着的人们。在中国的工商社会中，大部分的人就都如此。这类文章，用了浅薄的眼光从实际生活上看来，关系原甚少，但一般地所谓正式的文章，大都属在这一类里。我们现今所想学习的（虽然也包括实用文）也是这一类。这是什么缘故呢？原来人有爱美心与发表欲，迫于实用的时候，固然不得已地要利用文字来写出表意，即明知其对于实用无关，也想把其五官所接触的，心所感触的写出来示人，不能自已。这种欲望是一切艺术的根源，应该加以重视。学校中的作文课，就是为使青年满足这欲望，发达这欲望而设的。

话又说远去了，那么究竟写作些什么呢？实用的文章内容是有一定的，借书只是借书，约会只是约会，只要把意思直截简单地写出，无文法上的错误，不写别字，合乎一定的格式就够了，似乎无须多说。以下试就一般的文章来谈"写作些什么？"

秀才从空肚子里产出文章，难于女人产小孩；诸君生在现代，不必抛了现在自己的思想感情，去代圣人立言，肚子决无空虚的道理。"花的开落"，"月的圆缺"，"父母的爱"，"家庭的悲欢"，"朋友的交际"，都在诸君经验范围之内；"国内的纷争"，"生活的方向"，"社会的趋势"，"物价的高下"，"风俗的变更"，又为诸君观想所系。材料既无所不有。教师在作文课中常替诸君规定题目，叫诸君就题发挥，限定写一件什么事或谈一件什么理。这样说来，"写作些什么？"在现在的学生似乎是不成问题了的。可是事实却不然。所谓写作，在某种意味上说，真等于母亲生产小孩。我们肚里虽有许多的思想感情，如果那思想感情未曾成熟，犹之胎儿发育未全，即使勉强生了下来，也是不完全的无生命的东西。文章的题目不论由于教师命题，或由于自己的感触，要之只不过是基本的胚种，我们要把这胚种多方培育，使之发达，或从经验中收得肥料，或从书册上吸取阳光。或从朋友谈话中供给水分，行住坐卧都关心于胚种的完成。如果是记事文，应把那要记的事物从各方面详加观察。如果是叙事文，应把那要叙的事件的经过逐一考查。如果是议论文，应寻出确切的理由，再从各方面引了例证，加以证明，使所立的断案坚牢不倒。归结一句话，对于题目，客观地须有确实丰富的知识（记叙文），主观地须有自己的见解与感触（议论文感想文）。把这些知识或见解与感触打成一片，结为一团，这就是"写作些什么"问题中的"什么"了。

有了某种意见或欲望，觉得非写出来给人看不可，于是写成一篇文章，再对于这文章附加一个题目上去。这是正当的顺序。至于命题作文，是先有题目后找文章，照自然的顺序说来，原不甚妥当。但为防止抄袭计，为叫人练习某一定体式的文字计，命题却是一种好方法。近来学校教育上大多数也仍把这方法沿用着，凡正课的作文，大概由教师命题，叫学生写作。这种方式对于诸君也许有多少不自由的处所，但善用之，也有许多利益可得。（1）因了教师的命题，可学得捕捉文章题材的方法；（2）可学得敏捷搜集关系材料的本领；（3）可周遍地养成各种文体的写作能力。写作是一种郁积的发泄，犹之爆竹的遇火爆发。教师所命的题目，只是一条药线，如果诸君是平日储备着火药的，遇到火就会爆发起来，感到一种郁积发泄的愉快；若自己平日不随处留意，临时又懒去搜集，火药一无所有，那么，遇到题目，只能就题目随便勉强敷衍几句，犹之不会爆发的空爆竹，虽用火点着了药线，只是"刺"地一声，把药线烧毕就完了。"写作些什么"的"什么"，无论自由写作或命题写作，只靠临时搜集，是不够的。最好是预先多方注意，从读过的书里，从见到的世相里，从自己的体验里，从朋友的谈话里，广事吸收。或把它零零碎碎地记入笔记册中，以免遗忘；

或把它分了类各各装入头脑里，以便触类记及。

再谈"怎样写作？"

关于写作的方法，我在这里不想对诸君多说别的，只想举出很简单的两个标准。一曰明了，二曰适当。写作文章目的，在将自己的思想感情传给他人。如果他人不易从我的文章上看取我的真意所在，或看取了而要误解，那就是我的失败。要想使人易解，故宜明了；为防人误解，故宜适当。我在前面曾说过：自古以来的文章诀窍，虽说法各各不同，其实只是同一的东西。这里所举的"明了"与"适当"，也只是一种的意义，因为不"明了"就不能"适当"，既"适当"就自然"明了"的。为说明上的便利计，姑且把它分开来说。

明了宜从两方面求之：（1）文句形式上的明了。（2）内容意义上的明了。

文句形式上的明了，就是寻常的所谓"通"。欲求文句形式上的明了，第一须注意的是句的构造和句与句间的接合呼应。句的构造如不合法，那一句就不明了；句与句间的接合呼应如不完密，就各句独立了看，或许意义可通，但连起来看去，仍然令人莫名其妙。

这样的例子,举不胜举。例如:

> 发展这些文化的民族,当然不可指定就是一个民族的成绩,既不可说都是华族的创造,也不可说其他民族毫不知进步。

这是某书局出版的初中教本《本国历史》中的文字,首句的"民族"与次句的"成绩"前后失了照应,"不可说"的"可"字也有毛病。又该书于叙述黄帝与蚩尤的战争以后,写道:

> 这种经过,虽未必全可信,如蚩尤的能用铜器,似乎非这时所知。不过,当时必有这样战争的事实:始为古人所惊异而传演下来,况且在农业初期人口发展以后,这种冲突,也是应有的现象。

这也是在句子上及句与句间的接合上有毛病的文字。试再举一例:

> 我们应当知道，教育这件事，不单指学校课本而言，此外更有所谓参考和其他课外读物。而且丰富和活的生命大概是后者而不是前者所产生的。

这是某会新近发表的《读书运动特刊》中《读书会宣言》里的文字。似乎辞句上也含着许多毛病。上二例的毛病在哪里呢？本稿篇幅有限，为避麻烦计，恕不一一指出，诸君可自己寻求，或去请问教师。

初中的《历史教本》会不通，《读书会宣言》会不通，不能不说是"奇谈"了，可是事实竟这样！足见通字的难讲，一不小心，就会不通的。我敢奉劝诸君，从初年级就把简单的文法（或语法）学习一过，对于辞性的识别及句的构造法，具备一种概略的知识。万一教师在正课中不授文法，也得在课外自己学习。

句的构造与句与句间的接合呼应，如果不明了，就要不通。明了还有第二方面，就是内容意义上的明了。句的构造合法了，句与句间的接合呼应适当了，如果那文字可作两种的解释（普通称为歧义），或用辞与其所想表示的意义不确切，则形式上虽已完整，但仍不能算是明了。

> 无美学的知识的人，怎能作细密的绘画的批评呢？

这是有歧义的一例。"细密的绘画"的批评呢，还是细密的"绘画的批评"？殊不确定。

> 用辅导方法，使初级中学学生自己获得门径，鉴赏书籍，踏实治学。（读"文"，作"文"，"体察人间"）

这是某书局《初中国文教本编辑要旨》中的一条可以作为用辞与其所想表示的意义不确切的例子。"鉴赏书籍"，这话看去好像收藏家在玩赏宋版书与明版书，或装订作主人在批评封面制本上的格式哩。我想作者的本意必不如此。这就是所谓用辞不确切了。"踏实治学"一句，"踏实"很费解，说"治学"，陈义殊嫌太高。此外如"体察人间"的"人间"一语，似乎也有可商量的余地。

内容意义的不明了，由于文辞有歧义与用辞不确切。前者可由文法知识来救济，至于后者，则须别从各方面留心。用辞确切，是一件至难之事。自来各文家都曾于此煞费苦心。诸君如要想用辞确切，积极的方法是多认识辞，对于各辞具有敏感，在许多类似的辞中，能辨知何者范围较大，何者较小，何者最狭，何者程度最强，何者较弱，何者最弱。消极的方法，是不在文中使用自己尚未十分明知其意义的辞。想使用某一辞的时候，如自觉有可疑之处，先检查字典，到彻底明白然后用入。否则含混用去，必有露出破绽来的时候的。

以上所说是关于明了一方面的，以下再谈到适当。明了是形式上与部分上的条件，适当是全体上态度上的条件。

我们写作文字，当然先有读者存在的预想的，所谓好的文字就是使读者容易领略，感动，乐于阅读的文字。诸君当执笔为文的时候，第一，不要忘记有读者；第二，须努力以求适合读者的心情，要使读者在你的文字中得到兴趣或快悦，不要使读者得着厌倦。

文字既应以读者为对象，首先须顾虑的是：（1）读者的性质，（2）作者与读者的关系，（3）写作这文的动机，等等。对本地人应该用本地话来说，对父兄应自处子弟的地位。如写作的动机是为了实用，那么用不着无谓的修饰；如果要想用文字煽动读者，则当设法加入种种使人兴奋的手段。文字的好与坏，第一步虽当注意于造句用辞，求其明了；第二步还须进而求全体的适当。对人适当，对时适当，对地适当，对目的适当。一不适当，就有毛病。关于此，日本文章学家五十岚力氏有"六W说"，所谓六W者：

（1）为什么作这文？（Why）

（2）在这文中所要述的是什么？（What）

（3）谁在作这文？（Who）

（4）在什么地方作这文？（Where）

（5）在什么时候作这文？（When）

（6）怎样作这文？（How）

归结起来说，就是

"谁对了谁,为了什么,在什么地方,什么时候,用了什么方法,讲什么话。"

诸君作文时,最好就了这六项逐一自己审究。所谓适当的文字,就只是合乎这六项答案的文字而已。我曾取了五十岚力氏的意思作过一篇《作文的基本的态度》,附录在《文章作法》(开明书店出版)里,请诸君就以参考。这里不详述了。

本稿已超过预定的字数,我的老生常谈也已絮絮叨叨地说得连自己都要不耐烦了。请读者再忍耐一下,让我附加几句最重要的话,来把本稿结束吧。

文字的学习,虽当求之于文字的法则(上面的所谓明了,所谓适当,都是法则);但这只是极粗浅的功夫而已。要合乎法则的文字,才可以免除疵病。这犹之书法中的所谓横平竖直,还不过是第一步。进一步的,真的文字学习,须从为人着手。"文如其人",文字毕竟是一种人格的表现,冷刻的文字,不是浮热的性质的人所能模效的;要作细密的文字,先须具备细密的性格。不去从培养本身的知识情感意志着想,一味想从文字上去学习文字,这是一般青年的误解。

我愿诸君于学得了文字的法则以后，暂且抛了文字，多去读书，多去体验，努力于自己的修养，勿仅仅拘执了文字，在文字上用浅薄的功夫。

（本文原载1931年1月《中学生》第11期）

赠与今年的大学毕业生

胡 适

总得时时寻一两个值得研究的问题。
总得多发展一点非职业的兴趣。
总得有一点信心。

这一两个星期里，各地的大学都有毕业的班次，都有很多的毕业生离开学校去开始他们的成人事业。学生的生活是一种享有特殊优待的生活，不妨幼稚一点，不妨吵吵闹闹，社会都能纵容他们，不肯严格的要他们负行为的责任。现在他们要撑起自己的肩膀来挑他们自己的担子了。在这个国难最紧急的年头，他们的担子真不轻！我们祝他们的成功，同时也不忍不依据我们自己的经验，赠与他们几句送行的赠言——虽未必是救命毫毛，也许作个防身的锦囊罢！

你们毕业之后，可走的路不出这几条：绝少数的人还可以在国内或国外的研究院继续作学术研究，少数的人可以寻着相当的职业；此外还有做官，办党，革命三条路；此外就是在家享福或者失业闲居了。第一条继续求学之路，我们可以不讨论。走其余几条路的人，都不能没有堕落的危险。堕落的方式很多，总括起来，约有这两大类：

第一是容易抛弃学生时代的求知识的欲望。你们到了实际社会里，往往所用非所学，往往所学全无用处，往往可以完全用不着学问，而一样可以胡乱混饭吃，混官做。在这种环境里，即使向来抱有求知识学问的决心的人，也不免心灰意懒，把求知的欲望渐渐冷淡下去。况且学问是要有相当的设备的：书籍，试验室，师友的切磋指导，闲暇的工夫，都不是一个平常要糊口养家的人所能容易办到的。没有做学问的环境，又谁能怪我们抛弃学问呢？

第二是容易抛弃学生时代的理想的人生的追求。少年人初次与冷酷的社会接触，容易感觉理想与事实相去太远，容易发生悲观和失望。多年怀抱的人生理想，改造的热诚，奋斗的勇气，到此时候，好像全不是那么一回事。渺小的个人在那强烈的社会炉火里，往往经不起长时期的烤炼就熔化了，一点高尚的理想不久就幻灭了。抱着改造社会的梦想而来，往往是弃甲曳兵而走，或者做了恶势力的俘虏。你在那俘虏牢狱里，回想那少年气壮时代的种种理想主义，好像都成了自误误人的迷梦！从此以后，你就甘心放弃理想人生的追求，甘心做现成社会的顺民了。

要防御这两方面的堕落，一面要保持我们求知识的欲望，一面要保持我们对于理想人生的追求。有什么好法子呢？依我个人的观察和经验，有三种防身的药方是值得一试的。

第一个方子只有一句话："总得时时寻一两个值得研究的问题！"问题是知识学问的老祖宗；古今来一切知识的产生与积聚，都是因为要解答问题，——要解答实用上的困难或理论上的疑难。所谓"为知识而求知识"，其实也只是一种好奇心追求某种问题的解答，不过因为那种问题的性质不必是直接应用的，人们就觉得这是"无所为"的求知识了。我们出学校之后，离开了做学问的环境，如果没有一两个值得解答的疑难问题在脑子里盘旋，就很难继续保持追求学问的热心。可是，如果你有了一个真有趣的问题天天逗你去想它，天天引诱你去解决它，天天对你挑衅笑你无可奈何它，——这时候，你就会同恋爱一个女子发了疯一样，坐也坐不下，睡也睡不安，没工夫也得偷出工夫去陪她，没钱也得撙衣节食去巴结她。没有书，你自会变卖家私去买书；没有仪器，你自会典押衣服去置办仪器；没有师友，你自会不远千里去寻师访友。你只要能时时有疑难问题来逼你用脑子，你自然会保持发展你对学问的兴趣，即使在最贫乏的智识环境中，你也会慢慢的聚起一个小图书馆来，或者设置起一所小试验室来。所以我说：第一要寻问题。脑子里没有问题之日，就是你的智识生活寿终正寝之时！古人说，"待文王而兴者，凡民也。若夫豪杰之士，虽无文王犹兴。"试想葛理略（Calileo）① 和牛敦（Newton）② 有多少藏书？有多少仪器？他们不过是有问题而已。有了问题而后，他们自会造出仪器来解答他们的问题。没有问题的人们，关在图书馆里也不会用书，锁在试验室里也不会有什么发现。

---

① 今译"伽利略"。——编者注
② 今译"牛顿"。——编者注

第二个方子也只有一句话:"总得多发展一点非职业的兴趣。"离开学校之后,大家总得寻个吃饭的职业。可是你寻得的职业未必就是你所学的,或者未必是你所心喜的,或者是你所学而实在和你的性情不相近的。在这种状况之下,工作往往成了苦工,就不感觉兴趣了。为糊口而做那种非"性之所近而力之所能勉"的工作,就很难保持求知的兴趣和生活的理想主义。最好的救济方法只有多多发展职业以外的正当兴趣与活动。一个人应该有他的职业,又应该有他的非职业的顽艺儿①,可以叫做业余活动。凡一个人用他的闲暇来做的事业,都是他的业余活动。往往他的业余活动比他的职业还更重要,因为一个人的前程往往全靠他怎样用他的闲暇时间。他用他的闲暇来打麻将,他就成个赌徒;你用你的闲暇来做社会服务,你也许成个社会改革者;或者你用你的闲暇去研究历史,你也许成个史学家。你的闲暇往往定你的终身。英国十九世纪的两个哲人,弥儿(J.S.Mill)终身做东印度公司的秘书,然而他的业余工作使他在哲学上,经济学上,

---

① 即"玩艺儿"。——编者注

政治思想史上都占一个很高的位置；斯宾塞（Spencer）是一个测量工程师，然而他的业余工作使他成为前世纪晚期世界思想界的一个重镇。古来成大学问的人，几乎没有一个不是善用他的闲暇时间的。特别在这个组织不健全的中国社会，职业不容易适合我们性情，我们要想生活不苦痛或不堕落，只有多方发展业余的兴趣，使我们的精神有所寄托，使我们的剩余精力有所施展。有了这种心爱的顽艺儿，你就做六个钟头的抹桌子工夫也不会感觉烦闷了，因为你知道，抹了六点钟的桌子之后，你可以回家去做你的化学研究，或画完你的大幅山水，或写你的小说戏曲，或继续你的历史考据，或做你的社会改革事业。你有了这种称心如意的活动，生活就不枯寂了，精神也就不会烦闷了。

第三个方子也只有一句话："你总得有一点信心。"我们生当这个不幸的时代，眼中所见，耳中所闻，无非是叫我们悲观失望的。特别是在这个年头毕业的你们，眼见自己的国家民族沉沦到这步田地，眼看世界只是强权的世界，望极天边好像看不见一线的光明，——在这个年头不发狂自杀，已算是万幸了，怎么还能够希望保持一点内心的镇定和理想的信心呢？我要对你们说：这时候正是我们培养我们的信心的时候！只要我们有信心，我们还有救。古人说："信心（Faith）可以移山。"又说："只要工夫深，生铁磨成绣花针。"你不信吗？当拿破仑的军队征服普鲁士占据柏林的时候，有一位穷教授叫做菲希特（Fichte）①的，天天在讲堂上劝他的国人要有信心，要信仰他们的民族是有世界的特殊使命的，是必定要复兴的。菲希特死的时候（1814），谁也不能预料德意志统一帝国何时可以实现。然而不满五十年，新的统一的德意志帝国居然实现了。

一个国家的强弱盛衰，都不是偶然的，都不能逃出因果的铁律的。我们今日所受的苦痛和耻辱，都只是过去种种恶因种下的恶果。我们要收将来的善果，必须努力种现在的新因。一粒一粒的种，必有满仓满屋的收，这是我们今日应该有的信心。

我们要深信：今日的失败，都由于过去的不努力。

我们要深信：今日的努力，必定有将来的大收成。

---

① 今译"费希特"。——编者注

佛典里有一句话:"福不唐捐。"唐捐就是白白的丢了。我们也应该说:"功不唐捐!"没有一点努力是会白白的丢了的。在我们看不见想不到的时候,在我们看不见想不到的方向,你瞧!你下的种子早已生根发叶开花结果了!

你不信吗?法国被普鲁士打败之后,割了两省地,赔了五十万万佛郎①的赔款。这时候有一位刻苦的科学家巴斯德(Pasteur)终日埋头在他的试验室里做他的化学试验和微菌学研究。他是一个最爱国的人,然而他深信只有科学可以救国。他用一生的精力证明了三个科学问题:(1)每一种发酵作用都是由于一种微菌的发展;(2)每一种传染病都是由于一种微菌在生物体中的发展;(3)传染病的微菌,在特殊的培养之下,可以减轻毒力,使它从病菌变成防病的药苗。——这三个问题,在表面上似乎都和救国大事业没有多大的关系。然而从第一个问题的证明,巴斯德定出做醋酿酒的新法,使全国的酒醋业每年减除极大的损失。从第二个问题的证明,巴斯德教全国的蚕丝业怎样选种

---

① 佛郎是"法郎"的旧译。——编者注

防病，教全国的畜牧农家怎样防止牛羊瘟疫，又教全世界的医学界怎样注重消毒以减除外科手术的死亡率。从第三个问题的证明，巴斯德发明了牲畜的脾热瘟的治疗药苗，每年替法国农家减除了二千万佛郎的大损失；又发明了疯狗咬毒的治疗法，救济了无数的生命。所以英国的科学家赫胥黎（Huxley）在皇家学会里称颂巴斯德的功绩道："法国给了德国五十万万佛郎的赔款，巴斯德先生一个人研究科学的成绩足够还清这一笔赔款了。"

巴斯德对于科学有绝大的信心，所以他在国家蒙奇辱大难的时候，终不肯抛弃他的显微镜与试验室。他绝不想他的显微镜底下能偿还五十万万佛郎的赔款，然而在他看不见想不到的时候，他已收获了科学救国的奇迹了。

朋友们，在你最悲观最失望的时候，那正是你必须鼓起坚强的信心的时候。你要深信：天下没有白费的努力。成功不必在我，而功力必不唐捐。

（本文系胡适1932年6月在北京大学文学院发表的演说词）

学业·职业·事业

朱光潜

学业或职业如果不能成为事业,
那就空洞无成就。
学业和职业如果不能打成一片,
学业就只是私人的嗜好,
不能成为社会中的一种职分,
对社会没有效益;
职业也就降为与学问脱节的
盲目的衣食营求,干燥无味。

每个有志气的人，在他的生平都不免为三件事操心。在学校时代，他关心学业；离开学校，他关心职业；有了职业，他关心事业。这自然只是一种粗略的分期，也有许多人始终就专在学业、职业或事业上打计算。总之，这三个名词的意义对于一般人大半不成为问题，不过从逻辑的眼光来分析，我们不能说它是三件互不相同的事。它们的关系还须待确定。

先说"业"。《说文》所定的这个字的原始意义是钟架上一块木板，与我们所谈的没有多大关系。就"业"字所常用在的语句看（如"进德修业""业精于勤""以农为业""成大业""创业守成"等），我们可以看出两点：第一是学业、职业和事业都可以叫作业，第二是这个"业"字含有相当指流行语"工作"一词的意义。佛典常用"业"字，和"行"字同义，凡人为造作通可叫作"业"，例如思想、言语、行为，都可是一种"业"，"业"简直就相当于流行语的活动。我们可以说，"业"是人运用他的力量做一种工作或活动；所进行的工作或活动叫作"业"，工作或活动所成就的结果也可以叫作"业"。

依这种解释看，学业就是学问的工作或活动，职业就是职分所在的工作或活动。工作或活动就是"事"，所以"事业"是只有一个意义的复词，学问是一种事业，职业也还是一种事业。如果事业还另有特殊意义，那就只能指工作或活动的成就。依这种意义说，在职业上可以成就事业，在学问上也还可以成就事业。总上两义，学业与事业，职业与事业，在逻辑上都不应分开；我们至多只能说"事业"比"学业"或"职业"含义较广泛，不过这也还有问题。

问题在学业与职业是否绝对为两回事。一般人说"职业",似带有一种误解,以为职业是衣食工具,"谋职业"就等于"谋生活",也就等于"谋衣食",这里"职业"和"生活"两个词的意义都同样窄化得很离奇可笑。在这种用字的习惯上,我们可以见出一般人的生活理想的低落。顾名思义,"职业"显然是职分以内的事业。所谓"职分"是起于社会的分工合作的需要。社会上有许多事要做,一个人不能同时做许多事,于是这个人种田,那个人经商,另一个人做工匠,如此分工,每个人有一个"职分",都能各尽"职分"帮助社会大机器的轮子旋转,以一分工作的效益,换取同群许多分工作的效益,"吾尽所能,各取所需",于是人与社会两得其便。每个人有一个"职分",对于那"职分"就负有责任,须把那"职分"以内的事做好。对于"职分"不尽责就是不称职。职与责是不能分开的。

回到原来的问题,学业与职业是否绝对为两回事呢?从两个观点看,它们也不应分开。

第一,从狭义的学业说,学业是某一种专门学术的研究。专门的学术研究需要长久的集中的力量。一个人既研究一种专门学术，他就没有时间精力去干别的事。社会需要学术的进展，就需有一部分人以研究学术为"职业"。做学问是学者的职分以内的事，正如种田是农人的职分以内的事，他们的成就都于社会有益，他们都负有责任在自家职分以内求有成就。照这样看，学业还是可以当作一种职业。

其次，就广义的学业说，学业是每一种职业必有的准备。一切工作（尤其是在近代社会分工很严密的工作）都需要学习，每一行都有一套专门学问，所以你如果想把某一种职分以内的事做好，你就必须先把它学好。不但如此，工作本身也就是学习。有些人以为在学校里学得一种学问，学业便可告结束，以后入社会就职业，只需拿这一套法宝作无尽期的应用。这不但是误解学业，也是误解职业。最亲切最实在的学问大半不是从书本得来，而是从实地亲身经验得来的。古人所谓"到处留心皆学问"，就是有见于此。同时，到处留心学问的人可以说"学"与"事"相得益彰，不致犯不学无术的毛病，在职业上才能成就真正的事业。一辈子拘守一部讲义的人绝不是一个好教员，一辈子拘守一部步兵操典的人绝不是一个好战士，余可类推。所以要想把一种职业做好，必须把职业当作学业看。

依以上的分析，学业、职业和事业应该是三位一体。学业或职业如果不能成为事业，那就空洞无成就。学业和职业如果不能打成一片，学业就只是私人的嗜好，不能成为社会中的一种职分，对社会没有效益；职业也就降为与学问脱节的盲目的衣食营求，干燥无味。

职业与学业一贯，然后所学即所用，所用即所学，人得其事，事得其人，不过这只是理想，事实上一个人的职业往往和他的学业不很相关。这是由于有些学业不能为谋生之具，一个人一方面要忠于一种没有经济价值的学问，一方面又要维持生计，于是不得不就一种与自家专门学问无关的职业。最显著的例子是大哲学家斯宾诺莎，他为着要保持学术思想的自由，拒绝当大学教授，宁愿操磨镜片的职业，借以营生。英国文学家兰姆写得那样一笔奇特而隽永的散文，而他的终身职业只是一个公司的书记。波兰小说家康拉德在商船上当过多年的水手。英国诗人蒙罗在伦敦一条小街上经营一个小书店。这种实例在西方很多。这种办法颇有它的长处。不靠所研究的学业来谋生，可以保持学业的独立自由；同时，在本行以外就一种职业，也可以扩大眼界，增加生活经验。在目前中国，一般人囿于浅狭的功利主义，都争去学可以赚钱的学问，而文哲数理一类虽是冷门而却极重要的学问很少有人问津，这对于文化学术的全局是一个危险的现象。有志于纯粹学术的人们最好拿斯宾诺莎、兰姆诸人做榜样，一方面埋头做自己的学问，一方面操一种副业，使生计有着落。这种办法的存在，当然显示社会组织有毛病，在社会组织完善以前我们只有这个办法可采用。将来社会合理化时，我们希望每一项学术工作者都不感受生活的压迫，每一种学业同时就是一种职业。

在另外一种情形之下，学业与职业也不完全相称，这就是通才就专职。政府行政工作本来也还是一种职业，可是一直到现在，各国还很少在学校里设专门学科去训练议员部长以及其他公务员。在从前中国，政府大小职位，上自宰相，下至县丞，大半依科举履历任命，由科举进身者所读的书大半不外经史诗文，而做的职务却可以彼此相差很远。一榜及第的人有典钱谷的，有主试的，有带兵的，有典刑狱的，有掌漕运的。职务和学问似没有显著的关系。这种情形在目前似还没有经过很大的变更，在英国情形也很类似。一个人在牛津或剑桥毕业了，就可以参加文官考试，及格了，无论所学的是什么，可以被派到任何官厅去服务。如果他想做大一点的官，他可以运动入国会，只要有本领，就不愁没有阁员当。所谓本领也并非专门学术。比如现在首相丘吉尔①，做过好久的海军大臣，却没有学过海军，他本来是文人，当过新闻记者。专才学一行才能做一行，通才无须学那一行才能做那一行。医工农商等需要专才，而社会领导工作则需要通才。近代教育似正在徘徊于两种理想之间：一是"职业教育"的理想；一是"自由教育"的理想，学业须包含品格、

---

① 指作者写作此文章时。——编者注

学识各方面的普遍修养，不能窄狭化到学徒训练。依我个人想，自由教育对于社会领导工作实在比职业教育重要，不过这两种理想也并非绝对不能相容，专门的技术训练和普通的品格学识修养最好是并行不悖。

　　择学择业对于一个人是一个极重的问题。首先要考虑的是个人的资禀与兴趣。我曾观察过许多人所学的和所做的全与他们性不相近。有些学文艺的人对于人生世相看不出丝毫情趣，遇事称斤称两，谈吐干燥无味，他们理应学商业或是法律。有些工程师根本没有科学的头脑，却欢喜做点旧诗，结交大人阔佬，他们理应干政治。如此等类，不胜枚举，性不相近，纵然是努力，也往往劳而无补，对于个人和社会都是精力的浪费。在美国，"职业测验"已成为一种专门学问。一个人对于择学择业如有疑难可以找一个专家用测验来解决。这种测验内容或很幼稚肤浅，但是它的原则是不错的。我们希望测验的方法日趋精密，将来一个人在学一门学问或是就一种职业之先，都仔细经过一番测验，免得走错门路。

一个人的性之所近，大半自己明白。有些人明明知道自己的长短却不根据它来决定志向，这大半误于名利观念。现在学生们都欢喜学工程或经济，以为出路好，容易赚钱。存这种心理的人根本不配谈学问，也根本不能做好一行职业，因为他们的兴趣不在学业或职业自身的成就，而在它对于个人所能产生的实利。得鱼忘筌，钱赚到手了，学业和事业有无成就却不必管。这种人的毛病都在短见。"行行出状元"，世间宁有哪一种学问不能学好，或是哪一种职业不能做好？宁有其正在学业和事业上有成就的人会穷得要饿死？如果以为某一行比较走时，或比较容易成功，不费多少气力就可以有成就，这也是妄想。世间没有一件有价值的事可以不费力就能学好做好。我们必须谨记着"不问收获，只问耕耘"一句至理名言。下一分功夫，自然有一分成就。世间纵然也偶有不劳而获的事，那是苟且侥幸，除着寄生虫，都不应存苟且侥幸的心理。

此外，我们中国人对于职业向来有一个更错误的观念，以为世间职业有些是天生的高贵，有些是天生的下贱。所以大家都希望做官而不希望做农工兵警。其实职业起于社会的分工合作的需要。社会需要一种职业，那一种职业就对于社会有效益。一个人有无荣誉，不能看他任的什么职业，应该看他在他的职位是否尽责。一个误国的总统或部长实在抵不上一个勤恳尽职的清道夫。我们通常对于"不才而在高位"者的阔绰排场备致欣羡，对于老老实实替社会造福的农人工人反存鄙视。这是一种可耻的价值意识的颠倒。

无论在学业或职业中想成就事业，都需要两种基本德行。第一是"公"。公就是公道公理。一个问题的看法，一个事件的处理，都须依据一个客观的普遍的道理，对自己说得过去，对他人也说得过去，无论谁来看，都会觉得这是最合理的解决，学问也好，事业也好，都要尊重这种公道公理，才不致发生弊端。公的反面是私。世间许多人许多事都败于私心自用。做学问存私心，便为偏见所蒙蔽，寻不着真理；做事存私心，便不免假公济私，贪污苟且，败坏自己的人格，也败坏社会的利益。其次是"忠"。"忠"是死心塌地地爱护自己的职守，不肯放弃它或疏忽它。把学问当作敲门砖，把职业当作营私的门径，就是不忠于所学所职，为着势利的引诱、放弃自己的学业或职业去做别的勾当，其行为也正等于汉奸卖国，都是不忠。忠才能有牺牲的精神，不计私人利害，固守职分所在的岗位，坚持到底，以底于成。忠是基本德行，有了它也就有了两种附带的德行，勤与勇。勤是精进不懈，时时刻刻努力前进，务求把事做好；勇是无畏不屈，遇到任何困难，都必须拼命把它克服。懒怠与怯懦是治学与治事的大忌，它们的病源在缺乏忠诚与忠诚所附带的热情。

每个人都是自己的命运的主宰，每个人的江山都依仗自己的奋斗才打得来。这个世界是冷酷无情的，一个人如果想以寄生虫的心习，去侥幸获取只有勤奋的蜜蜂所能获到的花蜜，他终究必归自然淘汰。万一他成功侥幸一时，社会所受的祸害也就很大，一条寄生虫有时可以危害到一个人的性命，凡是关心学业、职业和事业的人,须记起这一番简单的道理。

(本文选自《朱光潜人生九论》,人民文学出版社2011年10月出版)

你现在懂事了，我也不再操心了

朱梅馥

我们虽然分离了，
可是心永久在一起，
这是你给我们的唯一的安慰。

亲爱的聪：你的信今天终于收到了，很快慰。你走后，我们心里的矛盾真是无法形容，当然为你的前途，我们应该庆幸，你有那么好的机会，再幸运也没有了；可是一想到那么长的别离，总有些不舒服，但愿你努力学习，保重身体，我相信你决不会辜负国家对你的期望，我们的一番苦心。你在国外，千万多些家信，把什么都告诉我们，不论琐碎的重大的，我们都乐意知道，有机会拍了照片，也不时寄来。你的信我们看得多宝贵，我们虽然分离了，可是心永久在一起，这是你给我们的唯一的安慰。

在京洗的衣服成绩怎么样？希望你慢慢的仔仔细

细整理东西，妈妈不能代你理东西，真是件遗憾的事。今天冒雨为你添印了一打派司①照片，现在附上，希望你收到后就放在黑包内，以备将来派用场。维他命B一定要吃，以后生活一定要有规律，你现在懂事了，我也不再操心了。不过空下来老念着你，很高兴会常常梦见你，孩子，妈妈多疼你，只愿你多多来信，我们才感谢不尽呢！不多谈了，要说的话，爸爸已写了许多，望你多多保重！祝快乐！

妈妈 二月二十四日

（本文系朱梅馥1954年2月写给儿子傅聪的家信）

---

① 上海话"身份证件"之意，来自英文的"pass"（通行证件）。
　　——编者注

图书在版编目（CIP）数据

站在孩子的一边 / 池莉等著. — 成都：天地出版社，2024.1
ISBN 978-7-5455-8008-2

Ⅰ. ①站… Ⅱ. ①池… Ⅲ. ①散文集 – 中国 – 当代 Ⅳ. ① I267

中国国家版本馆 CIP 数据核字（2023）第 211551 号

ZHAN ZAI HAIZI DE YIBIAN
站在孩子的一边

出品人	杨 政
作 者	池 莉 等
责任编辑	张秋红　孙若琦
责任校对	杨金原
封面设计	WONDERLAND Book design　仙境 QQ:344581934
内文排版	唐小迪
责任印制	王学锋

出版发行	天地出版社
	（成都市锦江区三色路238号　邮政编码：610023）
	（北京市方庄芳群园3区3号　邮政编码：100078）
网　　址	http://www.tiandiph.com
电子邮箱	tianditg@163.com
经　　销	新华文轩出版传媒股份有限公司

印　　刷	迪明易墨（天津）印刷有限公司
版　　次	2024年1月第1版
印　　次	2024年1月第1次印刷
开　　本	880mm×1230mm 1/32
印　　张	7.5
字　　数	115千字
定　　价	45.00元
书　　号	ISBN 978-7-5455-8008-2

版权所有◆侵权必究

咨询电话：（028）86361282（总编室）
购书热线：（010）67693207（营销中心）

如有印装错误，请与本社联系调换。